I0548986

Peter Bergmann

Der gelbe Gladiator

Chefinspektor Falks Fingerfall

Impressum
Der gelbe Gladiator – Chefinspektor Falks Fingerfall

Fall Nr. 2 der Reihe „Kärntner Mordsbullen"

Kriminalroman
Autor: Peter Bergmann
Kontakt: pbergmann@aon.at

2. Ausgabe 2014
ISBN 978-3-9503800-5-7

www.peter-bergmann.at

Weitere Bergmann-Krimis

Kärntner Mordsbullen 1, 3 und 4
Der Berufserbe – Chefinspektor Falks Sündenfall
Die Melodie der Walnuss – Chefinspektor Falks Hexenfall
Club der Harlekine – Chefinspektor Fuchs in Wien

Das Möbiusband – Chiara Fontana – Fantasy-Thriller
Dicke Liebe – Irrwitzige Kriminalstories
Tore des Bösen – Kärnten-Thriller

Privatdetektiv Jingle Bell 1-2:
Die Leiche ist halb durch – Krimiparodie
Das Massengrab hat Hunger – Krimiparodie

PROLOG

Das Geräusch des Reißverschlusses weckte ihn. Er öffnete die Augen und registrierte in ein und demselben Moment pochende Kopfschmerzen, einen pelzigen, metallischen Geschmack auf der Zunge und die Silhouette einer Gestalt, die sich im Zelteingang abzeichnete. Er wollte mit der rechten Hand nach der Waffe greifen und merkte, dass ihm seine Muskeln den Gehorsam verweigerten. Unter Aufbietung aller Willenskraft schob er den fast tauben Arm zur Seite und – fand nichts. Die Gestalt packte unterdessen seine Füße und zog ihn aus dem Zelt, ohne dass er etwas dagegen unternehmen konnte. Draußen erwarteten ihn weitere Gestalten, in lange Gewänder gehüllt, mit vors Gesicht gezogenen Tüchern. Zwei davon griffen nach seinen Armen, der Mann, der ihn aus dem Zelt gezerrt hatte, riss den Schlafsack von seinem Körper. Er war noch immer wie gelähmt und fühlte kaum die Fesseln, mit denen sie schnell und routiniert seine Hände und Füße banden.
Pias Stimme drang schlaftrunken in die mondhelle Nacht: „Liebling, was ist denn los?"
Vergebens öffnete er den Mund, um sie zu warnen. Mehr als ein heiseres Röcheln brachte er nicht zustande. Es hätte auch nichts geändert.
Sie schrie auf, weil sie ebenso unsanft wie er ins Freie befördert und aus dem Schlafsack geholt wurde. Es waren ihre Flitterwochen, sie war nackt. Wie durch Watte vernahm er anerkennendes Gemurmel und Schnalzen aus rauen Gaumen. Wo zum Teufel steckten ihre Begleiter, die die Nachtwache übernommen hatten? Als Antwort startete im Hintergrund der Motor eines großen Geländewagens, 20-Zoll-Reifen knirschten über Sand und Geröll, langsam entfernten sich die Geräusche. Er lag auf dem Boden und kämpfte vergeblich gegen Lähmungserscheinungen und Sehstörungen an, gegen die Drogen, die ihm die eigenen Leute ins Abendessen gemischt haben mussten. Nur wenige Meter entfernt bildeten

7

die fremden Männer einen engen, undurchdringlichen Ring um seine Frau, schwach beleuchtet vom gleißenden Funkeln der Sterne und dem blassen Schein des Mondes. Die anfangs hoch aufgerichtete Gruppe sank rasch tiefer zur Erde, tiefer in die Schatten der Felsen. Er ahnte mehr, was vorging, als er mit seinen getrübten Blicken wahrnahm, doch Pias Schreie drangen wie spitze, glühende Eisenstäbe in sein halb waches Bewusstsein. Man hatte sie in eine Falle gelockt und er zweifelte nicht daran, dass der Verrat von langer Hand vorbereitet worden war. Irgendwann verstummten ihre Schreie. Er starrte in den langsam verblassenden Sternenhimmel. Die Kälte, die durch seine Glieder zog, spürte er nicht.

1

Zwei Dutzend Schwanzmeisen zwitscherten, flatterten und hüpften im blühenden Flieder so übermütig von Ast zu Ast, als würde jeder der winzigen Federknäuel im nächsten Moment bersten vor Freude und Lebenslust. Auch Chefinspektor Falk fühlte sich beschwingt. In Shorts und Leibchen, Slippers an den Füßen, eine Tasse Kaffee in der Hand, trat er auf die Terrasse und sog die kühlen Düfte des frühsommerlichen Gartens ein. Die Morgensonne und ein leichter Wind spielten gemeinsam mit dem frischen Blattwerk der Sträucher und Bäume, zahllose hoch aufragende Tulpen, gelbe, violette, rote, hielten ihre Blütenköpfe noch fest geschlossen. Der blassblaue Himmel versprach einen makellosen Tag, die Meteorologen Ausnahmetemperaturen bis 30 Grad.

Monika, die normalerweise länger schlief, kam barfuß aus der Küche. Sie trug nur ein durchscheinendes, kurzes Nachthemd, ihr rötliches Haar stand wirr in alle Richtungen. Mit ihrem verschlafenen Gesicht erschien sie ihm als Mischwesen zwischen müdem Kobold und erotischem Engel.

„Morgen", sagte er.

Statt zu antworten, lehnte sie sich an ihn und gähnte herzhaft, ohne die Hand vorzuhalten. Ein klarer Punkt für den Kobold. Nun trottete auch Sam aus der Küche, bellte einmal zur Begrüßung, setzte sich an den Rand der Terrasse und beobachtete eine Amsel, die im hinteren Teil des Gartens nach Würmern pickte.

„Warum bist du schon auf?", erkundigte sich Falk.

„Hast du es vergessen, ich muss zum Seminar."

„Die Effizienzsteigerung in der Schulverwaltung oder sowas, nicht?"

„Oder sowas trifft es genau", erwiderte sie freudlos. „Wenn du mich fragst, steigern die immer nur eines: ihre verdammte Bürokratie."

„Aber dich fragt niemand", bemerkte der Chefinspektor trocken.

„Nein", gab sie zu." Wie spät ist es?"

Er hielt ihr die Uhr vors Gesicht.

„Meine Güte!", stieß sie hervor und lief ins Haus zurück.

Falk zwinkerte Sam zu, der interessiert näherkam und die Schnauze auffordernd gegen sein Knie stieß.

„Butterbrot?"

Sam wedelte heftige Zustimmung. Langsam folgten sie Monika ins Haus. Falk strich zwei Butterbrote, schnitt sie in Streifen und teilte das bescheidene Mahl mit dem schwarzen Spaniel. Monika, bereits angekleidet, die Haarbürste in der Hand, wirbelte herein und verschlang ein halbes Brot, während sie ihre Füße mit ruckartigen Bewegungen in die Pumps zwängte.

„Wie spät?", fragte sie mit vollem Mund.

„Zehn nach sieben."

„Jetzt aber!", rief sie und raffte die Handtasche an sich. Sie beugte sich zu ihm, küsste ihn und sah ihn gleich darauf ein wenig verlegen an, weil die kleine Geste zwischen ihnen längst nicht mehr so selbstverständlich erfolgte wie noch vor zwei, drei Jahren.

„Bis später!"

In raschem Stakkato klapperten ihre Absätze zur Tür hinaus und über die Stufen zur Garage. Sie hörten den Motor, das Quietschen des automatischen Gartentors und gleich darauf das ihrer Reifen. Sam stupste wieder gegen Falks Knie und der bestrich noch eine Scheibe Brot.

2____

Sogar in die nüchternen Büros des Landeskriminalamts war
der Frühling eingezogen. Auf den Schreibtischen standen
kleine, weiß glasierte Tonschalen mit violetten
Stiefmütterchen. Als Falk sein Arbeitszimmer betrat, legte
Inspektorin Schilling gerade eine Akte auf seine
Schreibunterlage. Er deutete auf die Blumen.
„Die stammen von Ihnen, nicht wahr?"
Sie lächelte ihn an.
„Sie sind der erste, der es bemerkt."
Er lächelte zurück und warf einen Blick auf die Akte.
„Was Dringendes?"
„Die Schüler mit der Drogenplantage auf der Dachterrasse.
Ein besorgter Vater hat den Oberst angerufen und der meint
nun, dass die Kollegen von der Sucht damit nicht alleine fertig
werden. Und weil momentan ohnehin nicht viel los ist und der
Vater kein ganz unbekannter Anwalt …"
Der Chefinspektor verdrehte die Augen.
„Ein Königreich für einen Mord!"
Er fing ihren diskreten, missbilligenden Blick auf.
„Tut mir leid. Haben Sie nie Hasch geraucht?"
„Einmal mit dreizehn. Mir war hundeelend. Und Sie?"
„Auf der Polizeischule. Ein Kollege dachte, wir müssten unser
Bewusstsein erweitern."
„Hat es geklappt?"
„Sie hätten uns fast erwischt, das wirkte so ernüchternd, dass
ich bis heute nicht weiß, ob etwas dran ist."
Schilling lachte.
„Vielleicht kann Ihnen der Oberst helfen. Er wollte Sie
ohnedies sehen."
„Wegen der Nachwuchsgärtner?"
„Ich weiß nicht. Vor ihm lag ein dickes Kuvert. Der Absender
sah ganz nach Ministerium aus."
Falk fühlte seine gute Laune schwinden. Dicke Kuverts vom
Ministerium bedeuteten meist einen Mehraufwand, der in aller

Regel völlig nutz- und sinnlos war. Kein Mensch vermag zu sagen, was in den Köpfen österreichischer Ministerialbeamter vor sich geht – was aus diesen Köpfen nach außen dringt, lässt im Allgemeinen keine vernünftigen Rückschlüsse und wenig Hoffnung zu.

Er öffnete Inspektorin Schilling die Tür. Zarter Maiglöckchenduft stieg ihm in die Nase, als sie an ihm vorüberglitt. Für den Bruchteil einer Sekunde überkam ihn das heftige Verlangen, seine Lippen auf die feinen Härchen in ihrem Nacken zu drücken. Das traf ihn so überraschend, dass er sich die Stirn am Türblatt stieß, weil er unwillkürlich den Kopf schüttelte wie ein Hund, der mit Wasser bespritzt wird. Er mochte Schilling, ihm gefiel ihre stille Freundlichkeit, doch nie zuvor hatte er im Zusammenhang mit ihr im Entferntesten an einen Kuss gedacht. Sie merkte nichts von dem Blitz, der ihn gerade gestreift hatte. Er folgte mit seinen Blicken ihrem geschmeidigen Gang, der zierlichen, sehr aufrechten Figur, und fragte sich, wieso er sie jetzt plötzlich, nach Jahren der Zusammenarbeit, erstmals nicht als Kollegin, sondern als attraktive, anziehende Frau wahrnahm. Die leidige Midlife-Crisis? Zweiter Frühling zum ersten, zum zweiten, zum dritten?

Noch immer leicht benommen klopfte er an Oberst Prettners Tür und trat ein, ohne eine Antwort abzuwarten. Nicht aus Unhöflichkeit, sondern weil Prettner fast pausenlos telefonierte und dabei alles ausblendete, was um ihn herum geschah.

Wider Erwarten hatte der Oberst beide Hände frei. Sie lagen übereinander auf dem Kuvert, als wolle er es beschwören. Zufrieden sah er dem Chefinspektor entgegen. Ein schlechtes Vorzeichen. Prettner bestätigte Falks böse Vorahnung, indem er in leutseligster Weise sagte: „Da sind Sie ja, Chefinspektor. Nehmen Sie Platz."

Falk setzte sich. Der Leiter des LKA schob das ominöse Kuvert über den Tisch.

„In Wien schätzt man unsere Arbeit. Ich wurde von höchster Stelle gefragt, ob wir bereit sind, ein Pilotprojekt zur internen Organisationsoptimierung durchzuführen, das später als Muster für andere Dienststellen zur Anwendung kommen soll."

„Welche Ehre", bemerkte Falk.

Der Oberst kniff kurz die Augen zusammen, als ob er einen Funken unangebrachter Ironie witterte, doch Falks harmlose Miene zerstreute seinen Verdacht.

„Ja, nicht wahr? Ich habe natürlich sofort zugesagt. Und Sie sind der Mann, der für eine derartige Aufgabe geeignet ist."

„Worin besteht die Aufgabe genau?"

Nun lächelte Prettner breit und großzügig, was seinen runden, kahlen Kopf in ein hellrotes Smiley mit buschigen Augenbrauen verwandelte.

„Finden Sie alles in dem Umschlag. Nur zu."

Der Chefinspektor öffnete die Lasche und zog einen Stapel eng bedruckten Papiers hervor. Er blätterte durch Anweisungen und eine Reihe von Tabellen, die darauf warteten, ausgefüllt zu werden. Er hielt es für ausgeschlossen, dass der Oberst auch nur einen Blick darauf geworfen hatte.

„Sieht ziemlich kompliziert aus."

Sein Vorgesetzter ließ den Einwand nicht gelten.

„Wenn man die Abläufe damit vereinfachen kann …"

„Welche Abläufe?", erkundigte sich Falk.

„Ach, Sie wissen schon. Diese täglichen Abläufe eben. Ständig geht dabei Zeit verloren, das passt nicht zu einer modernen Verwaltung."

Prettners Handy imitierte den Weckruf eines Hahns. Er warf einen Blick auf das Display, sein Rücken straffte sich.

„Der Landeshauptmann. Sie wissen schon, was zu tun ist, Chefinspektor."

Falk nahm die Papiere und zog sich zurück, während der Oberst den Anruf mit jener respektvoll kumpelhaften Anbiederung entgegennahm, die er in seiner 30-jährigen Karriere zur höchsten Meisterschaft entwickelt hatte.

Als Falk in sein eigenes Büro zurückkehrte, saß auch Lacher an seinem Platz und telefonierte ebenfalls. Die beiden Chefinspektoren teilten sich seit dem Beginn eines Umbaus, der scheinbar nie zu Ende kommen wollte, den Raum Tisch an Tisch. Falk registrierte die zu- und abnehmenden dunklen Ringe unter den Augen seines Freundes so automatisch wie man das Wetter registriert, wenn man morgens aus dem Fenster blickt. Der fesche, stets skilehrerartig gebräunte Lacher wirkte müde und ausgebrannt. Er kritzelte etwas auf einen Zettel und legte auf.

„Seltsame Sache", sagte er anstelle eines Grußes. „Bei einer Hausrenovierung haben Arbeiter im Dachboden eine Schmuckschatulle gefunden und geöffnet. Was meinst du, was drinnen lag?"

„Kein Schmuck", erwiderte Falk. „Den hätten sie nicht gemeldet."

„Ein menschlicher Finger. Sieht irgendwie mumifiziert aus, behauptet der Kollege von der Streife. Ist aber eindeutig ein Finger. Ich nehme Schilling mit und fahre los."

„Das übernehme ich selbst", entschied Falk. „Du machst dich mit dem da vertraut."

Er warf das leuchtend orange Kuvert mit dem Stempel des Ministeriums auf den Tisch seines Stellvertreters. Der sah es an, als ob es sich um eine Briefbombe handelte.

„Was wollen die wieder von uns?"

„Nicht der Rede wert, ein bisschen Papierkram. Offenbar ein akuter Virus in Wien, Monika geht's auch nicht besser. Du kannst dir Sorcek zu Hilfe holen."

Wie zuvor Falk zog nun Lacher den Papierstapel hervor und durchblätterte ihn lustlos.

„Da umfasst die Einleitung schon neun Seiten, klein gedruckt."

„Ja ...", bemerkte der Chefinspektor vage und machte sich mit dem Adresszettel auf den Weg zur Tür.

„Wollen wir losen?", schlug sein Stellvertreter vor und ließ für Momente der Hoffnung die blitzblauen Augen erwartungsvoll funkeln wie abends in den Bars.

„Schon passiert", gab Falk über die Schulter zurück. „Du hast den Kürzeren gezogen."

Er fand Schilling hinter ihrem Monitor.

„Gehen wir", forderte er sie auf. „Man hat einen Finger gefunden."

Er lag wie zu Eis erstarrt auf dem steinigen Boden. Wegen der Kälte, wegen der Drogen, vor allem aber wegen Pias Schreien und ihres Verstummens, das fast noch schrecklicher war. Er bekam nicht mit, was die Männer im Hintergrund taten, wie sie ihr eigenes Fahrzeug heranholten, das Lager plünderten und den zweiten Rover beluden. Er überlegte, was mit Pia geschehen sein mochte und ob sie ihn einfach liegen lassen würden – lebendig oder tot – und dass ihm der Unterschied eigentlich nicht viel bedeutete.

Doch sie ließen ihn nicht liegen. Zwei hoben ihn auf, einer löste seine Fußfesseln und zog ihm seine Hose an. Er wollte ihn treten, aber seine Beine versagten ihm den Dienst. Sie lösten auch die Handfesseln und fädelten seine Hände durch die Ärmel. Wieder versuchte er zuzuschlagen, ihnen wenigstens ein bisschen wehzutun für das, was sie Pia angetan hatten, doch die Bewegung geriet so schwach, dass die Fremden nicht einmal seine Absicht erkannten. Sie trugen ihn zum Pickup und warfen ihn auf die Ladefläche. Dort wurde er festgeschnallt wie ein Paket, dann begann die Fahrt.

Die Erinnerung an die folgenden Stunden schmolz in seinem Gedächtnis auf wenige unauslöschliche Eindrücke zusammen: grenzenlose Verzweiflung, rasende Kopfschmerzen, unerträglichen Durst. Er brachte keinen klaren Gedanken zustande. Zwei Fragen hämmerten gegen seine Schläfen wie ein unermüdlicher Presslufthammer: Lebt Pia? Wo ist sie?

Sie fuhren durch die unwirtliche, rötlich schimmernde, sonnenverbrannte Steinwüste, auf Wegen, die sich kaum abhoben von der geröllübersäten Umgebung. Wie er diese karge, ausgedörrte Landschaft geliebt hatte, die sich in so erhabener Gleichgültigkeit darbot. Nun hasste er sie und den Menschenschlag, den sie ausspuckte.

Die Sonne stand hoch am Himmel, als sie durch einen engen Felseinschnitt in einen kleinen Talkessel gelangten, der an einer Seite unter überhängendem Stein Schatten spendete und Sichtschutz nach oben bot.

Zwei der Männer schnallten ihn los und lehnten ihn mit dem Rücken gegen die Wand. Beide Wägen waren leer und von Pia keine Spur. Einer drückte ihm ein Fladenbrot und eine Plastikflasche mit Wasser in die Hände. Er trank und versuchte zu sprechen.

„Wo ist meine Frau?"

Der Mann, noch jung unter der vom Wüstenklima schon fein geknitterten, dunklen Haut, schaute ihn verständnislos an. Er wiederholte die Frage auf Englisch.

„Wife", sagte der andere und grinste.

„Wo ist sie?", schrie er und machte einen heftigen Schritt nach vorne. Im selben Moment fühlte er eine Messerspitze, die sich mühelos durch die Jacke in seine Seite bohrte und dort vibrierend verharrte. Die anderen Entführer wurden darauf aufmerksam und kamen herbei. Sie wechselten einige Worte, die er nicht verstand. Einer hob lachend seine Faust und deutete auf seinen kleinen Finger, an dem ein neuer Goldring funkelte, Pias Ring. Dann zog er die Hand mit einer eindeutigen Geste quer über seine Gurgel. Ein anderer trat vor ihn hin und hielt ihm etwas knapp vor seine Augen. Ein dünnes Würstchen, mit dem er zunächst nichts anzufangen wusste. Der Mann drehte es langsam. Da erkannte er, worum es sich handelte. Eine Klammer aus blankem Entsetzen erfasste sein Herz, er schwankte und wäre umgefallen, wenn ihn nicht einer seiner Peiniger aufrecht gehalten hätte. Der Mann packte das Würstchen in ein Behältnis und schob es dem Gefangenen unter dem Gelächter seiner Kumpane in die Brusttasche.

Falk und Schilling hielten vor einem eingerüsteten Gründerzeitgebäude in der Burggasse. Das spinnwebartige Stahlgerüst eines Baukrans ragte empor, unmittelbar daneben stand ein Streifenwagen mit blinkendem Blaulicht. Ein Grüppchen Menschen blickte nach oben. Falk stach ein dunkelbraun gebrannter Mann ins Auge, dessen Haare so unverschämt zitronengelb leuchteten, wie es die Natur – außer bei Zitronen – nie zustande bringt. Die Beamten betraten das Gebäude. Einen Lift gab es nicht. Das Treppenhaus wand sich in einer ovalen Spirale von Etage zu Etage, durch eine Tür im vierten Stockwerk drang Musik, die Staubspur der Bauarbeiter führte sie schließlich zum Dachboden. Dort empfingen sie helles Sonnenlicht, zwei Polizisten in Uniform und zwei Arbeiter. Das Licht drang durch den geöffneten Teil des Dachs. Etwa ein Drittel des Speichers war leer geräumt, offenbar mithilfe des Krans, zwei Drittel quollen noch über von ausgedienten Möbeln, Kisten und allerlei Gerümpel. Die Streifenpolizisten und die Arbeiter standen um ein Biedermeiertischchen mit drei intakten und einem abgebrochenen Bein, das mit einer Latte und Draht grob repariert worden war. Auf dem Tisch lag ein abgestoßenes, längliches Lederetui, rot genarbt mit zahllosen Flecken, und im Etui der Finger – leicht gekrümmt, die Haut gelblich braun und pergamenten, auf dem Nagel Spuren roten Lacks.
Eine uniformierte Beamtin um die dreißig grüßte Falk und nickte Schilling zu, ihr deutlich jüngerer Partner salutierte linkisch.
Falk betrachtete den Finger aus der Nähe.
„Sieht echt aus, was meinen Sie?"
Schilling ließ sich Zeit.
„Sehr echt", sagte sie nach einer Weile. „Ich verständige die Spurensicherung."
„Wo wurde er gefunden?"
„Unter diesem Schrank."

Die blonde Beamtin zeigte auf ein monströses, graues Möbel mit den Beschlägen eines mittelalterlichen Burgtors. Falk bückte sich und erkannte den Abdruck, den die Schatulle im Staub hinterlassen hatte. Er versuchte den Schrank zu öffnen, doch der Schlüssel fehlte.

„Stellen Sie bitte fest, wo die entsorgten Teile gelandet sind. Vielleicht finden wir ja noch mehr."

Einer der Arbeiter mischte sich ein, ein sehniger Blondschopf mit unzähligen Lachfältchen um Augen und Mund.

„Deponie Süd, Stadlweg. Können Sie mir sagen, wie lange hier alles stillstehen soll, Chef?"

„Wer sind Sie?"

„Jimmy Kern, der Partieführer. Unser Boss bezahlt uns nicht fürs Nichtstun."

Dazu lachte er und warf dabei einen interessierten Seitenblick auf Schilling, der Falk zu seiner eigenen Überraschung missfiel. Ein Draufgängertyp, dachte er, der rund um die Uhr sein Glück suchte. Einer, der gar nicht anders konnte als Sprüche klopfend und feixend durchs Leben zu gehen.

„Sie haben den Finger gefunden?"

„Gefunden nicht, aber ich hab' die Bullen gerufen. Die Polizei, meine ich."

„Gut. So lange nicht alles geklärt ist, was hier oben geklärt werden kann, steht die Baustelle. Erst wenn ich sage ‚Weiter', bewegt sich wieder was."

Der Partieführer lachte erneut.

„Schon gut, Chef. Nur kein Stress. Den Boss wird es nicht freuen."

„Tut mir aufrichtig leid."

Das entlockte dem Draufgänger wiederum ein breites Schmunzeln.

„Was kommt jetzt?"

„Jetzt holen Sie mir die anderen her."

Der Gesichtsausdruck seines Gegenübers wechselte schlagartig von fröhlich-verschmitzt zu tiefster Verständnislosigkeit.

„Welche anderen, Chef?"

„Sie wollen mir nicht weismachen, dass Ihre Partie auf so einer Baustelle aus zwei Mann besteht. Es sind mindestens sechs, wenn Sie auf dem Boden nachzählen."

Tatsächlich zeichneten sich in der Staubschicht etliche frische Sohlenmuster unterschiedlicher Größen ab.

Jimmy lachte schon wieder.

„Sie sind ein echter Detektiv, Chef. Waren wohl bei den Pfadfindern. Na, ich hab' eh nicht gedacht, dass ich damit durchkomme."

Er trat ohne zu zögern aus dem offenen Dach auf die Regenrinne, blickte in die Tiefe und ließ einen gellenden Pfiff los. Falk, der sich nicht so weit vorwagte, erkannte im Spiegelbild des gegenüberliegenden Schaufensters den auffallend blondköpfigen Mann von vorhin, der einen Arm hob.

Mit der Lautstärke eines Megaphons brüllte der Vorarbeiter: „Alle rauf!"

Der Mann unten hob nochmals die Hand und verschwand aus der Spiegelsicht des Chefinspektors.

„Schwarzarbeiter?", fragte Falk.

„Jetzt nicht mehr", grinste Kern. „Ich hab' dem Büro schon Bescheid gegeben, die erledigen das bei Bedarf sehr schnell."

Kurz darauf vernahmen sie Stimmen und Schritte aus dem Treppenhaus.

„Die Leute sollen auf dem Gang warten", wies Falk die Uniformierten an. „Den Dachboden überlassen wir der Spurensicherung."

Er wandte sich an Schilling.

„Ich rede mit den Arbeitern, danach mit den Bewohnern. Sie horchen sich in der Nachbarschaft um. Beobachtungen, Gerüchte, Klatsch – alles, was man sich über das Haus erzählt und früher erzählt hat. In den kleinen Läden bleibt manches hängen."

Schilling nickte und verschwand. Der Chefinspektor trat auf den Gang und sah sich einer Gruppe von Männern gegenüber, allesamt in kurzen Hosen, Ruderleibchen und festen Schuhen, die ihn gespannt betrachteten. Der Partieführer übernahm sofort den Job des Moderators.

„Das ist der Gelbe", sagte Jimmy. „Er hat's zuerst gesehen."
Der Arbeiter, der zuvor gewunken hatte, kam auf ihn zu. Allen Männern sah man ihre Tätigkeit im Freien an, aber der Gelbe übertraf sie bei weitem. Seine Haut schimmerte wie dunkles Leder, die blauen Augen, weißlichen Brauen und das kurze Zitronenhaar machten ihn fast zu einer Kunstfigur, zu einem Clown. Er empfand das offenkundig nicht so, er strahlte eine ruhige Gelassenheit aus, die Falk fast körperlich spürte.

„Sie sind der Gelbe – und wie noch?"
„Dirk Karmann."
„Sie haben das Etui unter dem Schrank gefunden?"
„Ich habe es gesehen, als ich ein paar Meter entfernt eine Kiste anhob. Slobo stand direkt daneben. Ich hab' ihm gesagt ,Bück' dich und schau, was da liegt.' Das hat er getan. Wir haben das Etui aufgemacht und den Finger gesehen. Jimmy hat die Streife gerufen und uns weggeschickt, weil die Anmeldung noch nicht durch war."
Für einen Kärntner Hilfsarbeiter sprach Karmann erstaunlich hochdeutsch – kein reines Hochdeutsch, aber einen Dialekt, der nahe dran war und nur an der Oberfläche von der Mundart des Landes eingefärbt. Vor einigen Jahren wären Bauarbeiter vom großen Nachbarn im Norden hier im Süden Österreichs noch undenkbar gewesen, mittlerweile fiel es kaum auf.
„Er wollte, dass Sie und Ihre Kollegen unten warten?"
„Jimmy ist klug. Er hat gemeint, wenn wir Glück haben, können wir in einer Stunde weitermachen. Wenn aber die Bullen was von uns wollen, ist es besser, sie müssen nicht lange nach uns suchen."
„Was haben Sie gedacht, als Sie die Schatulle öffneten?"
Der Blonde lächelte und entblößte dabei mehrere Zahnlücken in einem kräftigen, weißen Gebiss.
„Ich bin Hilfsarbeiter, Herr Chefinspektor. Ich denke nicht."

„War der Behälter staubig?"

„Nicht besonders."

„Wer hat ihn angefasst?"

„Slobo, ich, Jimmy – vielleicht noch andere, das weiß ich nicht."

Ein junger Mann, deutlich kleiner als der Gelbe, mit wild wucherndem Bart und Haupthaar, nickte zustimmend bei jedem Satz seines Kumpels.

„Sind Sie Slobo?", fragte Falk.

Der kleine Arbeiter trat von einem Fuß auf den anderen, sah rechts und links an ihm vorbei und gab ihm leise murmelnd recht.

„Mhm."

„Slobo versteht nicht viel vom Reden", vermittelte der Partieführer. „Aber keiner läuft so über die Dächer wie er, stimmt's Slobo?"

„Mhm."

„Haben Sie das Etui vorher schon einmal gesehen?"

Slobo schüttelte so heftig den Kopf, dass von seinem Gesicht unter dem fliegenden Haar gar nichts mehr zu erkennen war.

Falk wandte sich an die anderen.

„Hat einer von Ihnen etwas zur Schatulle oder ihrem Inhalt zu sagen? Irgendeine Information dazu?"

Nun schüttelten alle stumm ihre Köpfe.

„Hat sie noch jemand angefasst?"

Wieder Kopfschütteln.

„Nennen Sie den Kollegen Name und Anschrift. Hier ist heute nichts mehr für Sie zu tun."

Die Arbeiter machten ihre Angaben und verschwanden.

Unterdessen kündigten langsame, schwere Schritte und halblaute Flüche die Spurensicherung an. Die Flüche stammten von Dr. Norobosco, dem Professor, der den kleinen Trupp anführte. Sein zerzauster, weißer Haarschopf erinnerte an Einstein, sein Temperament an Einsteins Bombe. Unter Kollegen galt er als Legende. Gewöhnliche Beamte befanden sich unter seiner Wahrnehmungsgrenze, mit Falk kam er gut aus – für seine Verhältnisse.

„Falk", keuchte er. „Sie locken mich in einen Wolkenkratzer ohne Lift. Wollen Sie mich umbringen?"

„Ein vierstöckiger Wolkenkratzer, Professor, bringt Sie nicht um."

„Ich bin rekonvaleszent, vergessen Sie das nicht. Wo ist der Finger?"

Der Chefinspektor führte den Forensiker zum Tischchen im Dachboden. Die anderen Leute der Spurensicherung folgten, ebenso die Streifenbeamten.

Der Professor betrachtete den Finger, nahm ihn in die Hand, roch daran und fragte:

„Hat einer von Ihnen damit in der Nase gebohrt?"

Der junge Uniformierte zuckte zusammen. Dr. Norobosco merkte es, steckte prompt seine Zunge heraus, tat, als ob er damit den Finger ableckte und schmatzte mit den Lippen wie bei einer Weinverkostung. Sein Standardscherz in Anwesenheit von Neulingen.

„Schmeckt nach nichts", meinte er. „Noch mehr von der Frau gefunden?"

„Es ist ein Frauenfinger?", fragte Falk.

„Sie sind doch nicht blind", grollte der Wissenschaftler.

„Nicht, was den Nagellack betrifft. Aber den tragen hin und wieder auch Männer."

„Männer … Dieser Finger gehörte einer Frau. Das ist also alles, was wir von ihr haben?"

„Bis jetzt."

Norobosco packte Finger und Etui in ein Säckchen.

„Mörtl, kümmern Sie sich um den Dachboden. Ich gehe ins Labor."

Ohne noch jemanden eines Blicks zu würdigen, stapfte der Professor hinaus auf den Gang, dem langen Abstieg entgegen. Niemand wusste übrigens, welcher Art Noroboscos Krankheit gewesen war und niemand – den Chef des LKA eingeschlossen – hätte gewagt, ihn danach zu fragen. Er hatte lediglich am Rande erwähnt, dass er sich einer längeren Behandlung unterziehen müsse und blieb danach für ein halbes Jahr wie vom Erdboden verschluckt. Eines Tages kehrte er in unverändert schlechter Laune zurück und alle atmeten auf.

Inspektor Mörtl teilte seine Leute ein, Falk zog sich auf den Gang zurück, zündete eine Zigarette an und rauchte in dem Eiltempo, das er sich angewöhnt hatte, seit die Rauchgelegenheiten immer rarer wurden. Er entsorgte den Stummel in seinem Taschenaschenbecher – einem Geschenk Mörtls, der es sich nicht hatte nehmen lassen, auf dem Deckel die Mahnung ‚Für Tatorte' eingravieren zu lassen. Der Chefinspektor hatte ihn so wortlos entgegengenommen, wie er übergeben worden war.

6

Aus der Wohnung im vierten Stock drang immer noch Musik.
Falk drückte vergeblich auf den Klingelknopf, schließlich
klopfte er kräftig gegen die Füllung. Ein junger, blasser Mann
öffnete und starrte ihn aufgebracht an.
„Was gibt's?"
Er trug Flip Flops, einen dunkelroten Bademantel und eine
Duschhaube, in die er eine enorme Menge schwarzen Haars
gestopft hatte. Nun balancierte er es auf dem Kopf wie Marge
Simpson ihre Turmfrisur.
„Kriminalpolizei, Chefinspektor Falk", sagte Falk. „Ich muss
mit Ihnen sprechen."
„Jetzt?", fauchte der junge Mann.
„Ja."
Der Chefinspektor deutete ein Lächeln an, das offenbar
besänftigend wirkte. Vielleicht trug auch die Erwähnung der
Kripo etwas dazu bei, jedenfalls gab sein Gegenüber den
Eingang frei.
„Na gut. Ich bin Thomas Helfer. Kommen Sie rein. Gehen wir
ins Wohnzimmer, die Küche ist nicht aufgeräumt, gestern war
Party."
Falk betrat das Wohnzimmer und versuchte sich auszumalen,
wie im Vergleich dazu die unaufgeräumte Küche aussehen
mochte. Auf dem Sofa schlief leise schnarchend ein zweiter
junger Mann in Boxershorts mit einem mächtigen,
muskelbepackten Oberkörper. Weder die Türglocke noch das
Pochen hatten ihn geweckt. Helfer drehte die Musik leise,
wischte einige Kleidungsstücke von zwei Polstersesseln, ließ
sich selbst auf einen davon fallen und sagte: „Das ist Phillip,
einer meiner beiden Mitbewohner. Er versuchte den ganzen
Abend hindurch bei einer Studienkollegin zu landen. Um
Mitternacht hatte sie die Nase voll und ging. Nicht ohne zuvor
der ganzen Runde zu versichern, dass sie lieber einen
syphilitischen Pavian vögeln würde als unser Sportass."
Er grinste spöttisch.

„Phillip hat sich das sehr zu Herzen genommen. Um uns zu beweisen, wie sehr er dem Pavian überlegen ist, hat er in Rekordzeit eine Flasche Schnaps gekippt. Er ist zu schwer, um ihn ins Bett zu schleppen, deshalb liegt er hier. Setzen Sie sich doch."

Falk rückte den Sessel zurück, um nicht an den Couchtisch zu stoßen, auf dem ein Dutzend leerer und halbleerer Flaschen zwischen schmutzigen Gläsern und Tellern standen. Es roch nach Alkohol und kaltem Rauch und weniger klar zuordenbaren Dingen. Gern hätte er ein Fenster aufgestoßen, doch ein Blick belehrte ihn, dass diese Fenster gewöhnlich nicht zum Lüften benutzt wurden. Bis zur halben Höhe stapelten sich Bücher davor, zwei der Stapel dienten zudem als Pfeiler für Lautsprecherboxen.

„Ist Ihr zweiter Mitbewohner ansprechbar?"

„Früher ging mehrmals die Klospülung", murmelte Helfer. „Ich sehe nach."

Nur eine Minute später kehrte er in Begleitung eines dritten jungen Mannes in Jeans und T-Shirt zurück, auch er gezeichnet vom Besäufnis der letzten Nacht. Er stürmte direkt zu einem der Fenster, räumte die Fensterbank frei und riss die Flügel weit auf. Nach einigen tiefen Atemzügen wandte er sich um und betrachtete den Chefinspektor.

„Ich bin Norbert Käfer, der Hauptmieter. Es sieht hier nicht immer so aus. Tommy meint, Sie sind von der Kripo, worum geht es?"

Er wirkte erwachsener als sein Freund, obwohl er mit seinem zerzausten braunen Haar und den dünngesäten Bartstoppeln auf den glatten Wangen den Eindruck eines großen Jungen machte. Eines nervösen, großen Jungen.

„Gehen Sie manchmal auf den Dachboden?"

Käfer betrachtete ihn verwundert.

„Sie kommen doch nicht wegen der Kommode?"

Er deutete auf ein altersschwaches Möbelstück, das von dicken Schichten roten und blauen Lacks zusammengehalten wurde.

„Phillip hat vorher gefragt – zumindest hat er uns das erzählt."
Falk deutete auf den leise schnarchenden Mann auf dem Sofa.
„Er hat die Kommode entdeckt?"
„Ja. Außerdem ist das Teil keine 10 Cent wert und stand seit
Jahrhunderten nutzlos rum."
„War der Dachboden gewöhnlich versperrt?"
„Ich habe nie einen Schlüssel gesehen. Der alte Biedermann –
ihm gehört diese Hütte – ist ein austrainierter Jammerprofi,
aber der Boden stand allen offen."
„Jammerprofi?"
„Ach, Sie kennen doch die Kaufleute. Da hat jeder seine
Klagemauer bei der Hand. Altes Standesleiden."
„Wann waren Sie zuletzt auf dem Dachboden?"
„Ist Monate her. Warum zum Teufel fragen Sie?"
„Wir haben einen Finger gefunden."
Er sollte diesen Satz noch öfter wiederholen und Käfers und
Helfers erstaunte Blicke würden nicht die einzigen bleiben.
„Einen Finger?"
„Den abgetrennten Finger einer Frau."
Marge Helfer starrte ihn entsetzt an, das ohnedies blasse
Gesicht des zweiten Studenten bekam einen Grünstich.
„Erzählen Sie uns nicht vor dem Frühstück solche Sachen.
Was ist mit der Frau?"
„Das versuchen wir herauszufinden."
„Ist es jemand aus dem Haus?"
Falk hob die Schultern.
„Wer käme denn in Frage?"
Helfer dachte angestrengt nach, froh, die Vorstellung von dem
abgetrennten Frauenfinger kurzfristig beiseiteschieben zu
können.
„In unserer Etage wohnen Rosalinde Fahrer und ihre
Großmutter. Denen wird doch nichts zugestoßen sein, oder?"
Der Chefinspektor schüttelte den Kopf. Er vermied es, zu
erwähnen, dass es sich nicht um einen frischen Finger
handelte. Besser, der junge Mann redete weiter.

„Unter uns wohnt das Bankerehepaar, von denen weiß ich nur, dass sie hyperaktiv sind. Kommen von der Arbeit, kleiden sich um und sind schon wieder unterwegs. Ich habe sie seit Tagen nicht gesehen, meinen Sie …"

Ein grässlicher Verdacht ließ seine Augen anwachsen.

„Nein, nein", beruhigte Falk. Helfer atmete tief durch.

„Sie verreisen auch oft, das wird es sein."

Er konzentrierte sich erneut.

„In der anderen Wohnung lebt ein pensionierter Beamter, Finanz, glaube ich. Ein notorischer Rechthaber und Besserwisser. Mit dem will keiner was zu tun haben außer dem alten Biedermann. Die mögen sich zwar nicht, kommen aber miteinander aus, weil keiner dem anderen zuhört. Der eine klagt, der andere meckert – das läuft parallel. Im zweiten Stock wohnen die Paiers, auch schon ältere Herrschaften, ein bisschen durch den Wind, aber nett. Sie ist sogar ganz reizend. Um die 70, denke ich. Flirtet noch gerne mit uns – so augenzwinkernd halt, das macht ihr Spaß. Manchmal kommt sie sogar rauf und feiert eine halbe Stunde mit. Er ist ein bisschen kauzig, auf die freundliche Art. Dürften viel Kohle haben. Jedenfalls reicht es für eine Putzfrau, täglich auswärts essen und einen Garagenplatz mit einem dicken Jaguar."

Falk nickte aufmunternd.

„Daneben lebt der Germane mit seiner Sklavin."

Helfer, der das Gespräch ganz an sich gezogen hatte, fühlte sich in seiner Rolle als Erzähler zunehmend wohl und wartete ab, bis Falk fragend die Brauen hob.

„Er ist gebürtiger Deutscher, betreibt bei uns seit Jahren ein Reisebüro für Freaks, die das besondere Abenteuer suchen. Seine Frau stammt aus Ägypten oder dem Libanon. Vielleicht ist sie von Natur aus schüchtern oder wegen ihrer Erziehung, aber er hat bestimmt nichts dagegen, dass sie ihm jeden Wunsch von den Augen abliest und ihn bedient und umsorgt wie – wie eine Sklavin eben."

„Bleibt noch der erste Stock."

„Biedermann haust über seinem jetzt leer stehenden Geschäft. Er hat in dem Laden jahrzehntelang Haushaltswaren, Küchengeräte, Werkzeuge und solchen Kram verkauft. Alles, was man jetzt in den großen Märkten in zehnfacher Auswahl zum halben Preis bekommt. Er findet niemanden, der ihm die Miete für das Lokal zahlen will oder kann. Billiger hergeben mag er es aber auch nicht. Wenn Sie Lust haben, kann er Ihnen stundenlang erklären, warum die Innenstadt, Klagenfurt, Österreich und die ganze Welt den Bach runtergehen. Andererseits gehört ihm das Haus und er benötigt keinen Kredit für ein neues Dach und die Fassadenisolierung.

Dann ist da noch Frau Drexel, die ewige Mumie. Ich bin erst vor zwei Jahren hier eingezogen, aber Norbert hat diese Wohnung von einer Tante übernommen, die er schon als Kind besuchte. Er schwört, dass sich die Mumie seither um keine Faltenbreite verändert hat. Sie lebt nur von Kräutertee und den Gesprächen mit ihren Katzen. Andere Lebewesen nimmt sie kaum wahr. Sie bewegt sich nicht viel schneller als eine Schnecke, aber das hindert sie nicht daran, sommers wie winters ihre tägliche Runde zu drehen. Jeden Tag um die gleiche Zeit, auch bei Gewitter, Schneesturm oder zentimeterdickem Glatteis, da kennt sie nichts."

Käfer nickte zustimmend.

Der Haaraufbau des Studenten ähnelte mittlerweile dem schiefen Turm von Pisa, fünf Minuten vor dem Fall.

„Sind Rosalinde und ihre Großmutter hier?"

„Die alte Frau Fahrer bestimmt. Aber sie ist bettlägerig und kann Ihnen die Tür nicht aufmachen. Rosalinde arbeitet heute um diese Zeit. Sie ist Verkäuferin. Sie hat verschiedene Dienste."

„Die Großmutter ist den ganzen Tag allein?"

Der junge Mann fuhr auf.

„Meinen Sie, in einem Heim hätte sie es besser? Rosalinde pflegt sie aufopfernd. Und wenn es nötig ist, schaut einer von uns vorbei."

„Sie haben einen Wohnungsschlüssel?"

„Ja, aber ich kann Sie dort nicht rein lassen, die alte Dame schläft fast den ganzen Tag. Außerdem ist sie ziemlich schreckhaft und so wie ich aussehe …"

Falk mochte nicht widersprechen.

Der Bursche auf dem Sofa murmelte etwas, das nach ‚Yoko' klang.

„Yoko?", erkundigte sich der Chefinspektor.

Norbert Käfer hatte die frische Luft offenbar nicht geholfen. Er zog sich eilig ins WC zurück und ließ das Wasser rauschen, damit man die anderen Geräusche nicht zu deutlich hörte. Helfer hob nur die Schultern und ließ sie wieder fallen.

„Haben Sie eine Vermutung …?", fragte er.

Draußen knallte eine Tür.

„Ich habe gar nichts."

Falk empfand den dringenden Wunsch nach einer Zigarette – doch nicht hier drin. Wenn schon Rauch, dann kein kalter. Er erhob sich.

„Danke für die Auskünfte. Ich finde allein hinaus."

„Kommen Sie wieder?"

„Vielleicht."

Die Küchentür stand offen, Käfer trank Wasser aus einem Glaskrug. Besonders unaufgeräumt wirkte der Raum gar nicht. Auf einem großen Edelstahlkühlschrank klebte allerdings ein Pfandsiegel mit dem Bundesadler, ebenso auf einer Mikrowelle. Vielleicht war das der Grund, warum Helfer das Wohnzimmer vorgezogen hatte.

Falk trat auf den Gang und überließ sich für eine Minute ganz dem flüchtigen Genuss.

7

Beim Bankerehepaar öffnete niemand, doch der pensionierte Beamte, laut Türschild ein Hofrat Dr. Wassermann, schien bereits auf Besuch gewartet zu haben. Er öffnete, noch ehe der Chefinspektor den Finger vom Klingelknopf nehmen konnte.
„Ja bitte?"
Dr. Wassermann hatte ein teigiges Gesicht, eine Halbglatze, umgeben von einem kurzen, weißen Haarsaum und ein ungewöhnlich breites Kinn. Hinter der randlosen Brille funkelten kleine, dunkle Augen. Als Falk sein Sprüchlein aufsagte, blitzten sie vor Vergnügen.
„Kommen Sie herein, Chefinspektor, kommen Sie!"
Die Wohnung glänzte wie frisch poliert und roch entschieden besser als die der Studenten eine Etage darüber, doch einladend wirkte sie nicht. Es lag daran, dass der betagte Herr, Falk schätzte ihn auf 75 bis 80, offenbar ein Berufsleben lang jedes aussortierte Büromöbel übernommen und damit seine Privaträume ausgestattet hatte. Aktenschränke mit hölzernen Rollläden standen an den Wänden, Schreibtische verschiedener Epochen in den Räumen – der, an den Falk gebeten wurde, wies eine zerschrammte, düstere Lederbespannung auf, die mit Tapeziernägeln aus Messing an die Ränder geheftet war.
„Worum geht es, Chefinspektor?"
Falk wählte die direkte Eröffnung.
„Bei der Entrümpelung des Dachbodens wurde in einem Etui ein abgetrennter Finger gefunden. Der Finger einer Frau. Können Sie mir dazu etwas sagen?"
Wassermann setzte sich auf einen Kanzleistuhl vom Beginn des vorigen Jahrhunderts und lächelte selbstzufrieden.
„Ich habe ihn gewarnt."
„Bitte?"
„Ich habe Biedermann gewarnt, dass er mit der Renovierung nur Probleme bekommen wird."
„Und der Finger, Dr. Wassermann?"

„Wie? Ach das. Das liegt auf der Hand. Eine Entführung. Erpresser schneiden ihrem Opfer einen nicht lebenswichtigen Körperteil ab und schicken ihn an die Angehörigen, um ihren Forderungen Nachdruck zu verleihen. Gängige Praxis. Das sollte der Polizei bekannt sein."

„Ja, durchaus. Wissen Sie von einer Entführung?"

„Natürlich nicht!", blaffte der alte Herr empört.

„Wir auch nicht", bemerkte Falk freundlich. „Aber wenn Sie recht haben, wieso wird der Finger auf dem Dachboden versteckt?"

Ein geringschätziger Zug erschien um Wassermanns blasse Lippen.

„Auch ganz einfach. Nicht alle Angehörigen wollen die Forderungen eines Erpressers erfüllen. Da sieht man lieber zu, dass der abgetrennte Körperteil verschwindet."

„Mag sein", gestand Falk ihm zu. „Irgendeine Beziehung zum Haus muss es aber geben. Erinnern Sie sich an etwas Ungewöhnliches? Könnte schon Jahre zurückliegen."

„Ich will niemandem was Schlechtes nachsagen", sagte der alte Herr voller Vorfreude. „Doch wenn es um Frauen geht, müssen Sie sich an Biedermann wenden. Seine eigene hat ihn verlassen."

Er überlegte kurz.

„Ihr Finger kann es nicht sein. Ich habe sie erst gestern beim Einkaufen getroffen. Hier trennt man sich lieber vom Ehepartner als von einem guten Geschäft."

„Warum hat sie ihn verlassen?"

Dr. Wassermann sah ihn gereizt an.

„Warum wohl? Weibergeschichten. Trotz seines Namens konnte Biedermann nicht die Hände von ihnen lassen. Kann er immer noch nicht."

„Fällt Ihnen noch etwas ein?"

„Ich wohne seit einem halben Jahrhundert hier, Chefinspektor. Da bekommt man einiges mit. Die alte Drexel zum Beispiel: Ihretwegen fand auf dem Kreuzbergl ein Duell mit scharfen Säbeln statt. In den 1950er Jahren, stellen Sie sich das vor!

Der eine Dummkopf wäre beinahe verblutet. Den Ärzten sagten sie, es habe sich um einen Unfall gehandelt. Das hat nicht einmal die Polizei geglaubt – Verzeihung – aber im Grunde war es den Leuten egal. Die hatten damals noch andere Sorgen. Ein paar Jahre später ist er dann übrigens doch verblutet – wickelte sein Auto nach einem Kirchtagsbesuch um einen Baum. Vier Tote."

„Ist Ihnen in jüngerer Zeit etwas aufgefallen?"

„Natürlich. Seit einer Woche ist das Haus voll mit Fremden. Keiner weiß, wer da kommt und geht. Ich habe Biedermann schon gesagt, das ist eine Einladung für Diebe und Einbrecher. Bei Tag darf jeder herein und wer auf ein Gerüst klettern kann, erreicht auch in der Nacht alle Fenster. Aber dem alten Schürzenjäger ist das egal."

„Haben Sie auch Möbel auf dem Speicher abgestellt?"

„Nie! Ich hänge an alten Möbeln, Chefinspektor. Sie sind meine Familie und meine Freunde. Meine einzigen Freunde."

Irgendetwas an Falks Frage oder an seiner eigenen Antwort brachte ihn so in Rage, dass er sich – immer noch eine stattliche Figur – vor dem Chefinspektor aufbaute und ihn wütend anfunkelte.

„Sie sollten mich deshalb nicht für einen sentimentalen Trottel halten. Ich kann mir keine besseren Freunde vorstellen. Von Ihrem Finger weiß ich nichts. Von entführten Frauen auch nicht."

Falk nickte zustimmend.

„Ich will nicht länger stören. Wenn sich etwas Neues ergibt …"

„Klingeln Sie ruhig", rief ihm Wassermann nach, nun wieder ganz gutmütig. „So viel Besuch habe ich ja nicht."

8

Zwei Tage blieben sie in dem Lager, dann ging es weiter. Sie fuhren immer in der Nacht, kamen von Zeit zu Zeit in ein Dorf, wo sie Treibstoff und Vorräte erhielten und verschwanden wieder in der endlosen Einöde aus Sand, Geröll, kargster Vegetation und blanken Felsrücken. Er hatte längst jegliche Orientierung und jegliches Interesse verloren. Welches Ziel die Bande verfolgte – ob sie überhaupt eines verfolgte – warum sie ihn weiter mitschleppte, anstatt ihn einfach umzubringen …

Eines Abends änderte sich die Situation schlagartig. Er saß teilnahmslos auf dem Boden, die Hände gefesselt. Pias Mörder bauten das Lager ab. Plötzlich bog ein größerer Trupp um die nahe Felsnase, nicht zur Freude seiner Gruppe. Die Neuankömmlinge zählten mindestens 15 Mann, die sich äußerlich nicht von den anderen unterschieden: hagere, sehnige Gestalten mit hageren, dunklen Mienen, fast alle trugen einen Bart. Offenbar kannten sich die Anführer. Sie begrüßten sich wortreich. Den Blicken der Neuen entging kein Detail des Lagers. Sie waren zu Fuß aufgetaucht und ihr Interesse für die Fahrzeuge schien groß. Die Atmosphäre war spannungsgeladen. Die Hände seiner Entführer schwebten nur Zentimeter über ihren automatischen Waffen, während die zahlreicheren Gäste scheinbar lediglich über Dolche und alte Flinten verfügten. Für einen neutralen Beobachter – so fühlte er sich – eine glatte Pattsituation. Die beiden Gruppen folgten einer durch Gespräche und Wortwechsel getarnten Choreografie, die darauf abzielte, möglichst niemandem den Rücken zuzuwenden.

Es erinnerte ihn an weit zurückliegende Tage im Pausenhof, an die Sekunden des angespannten Lauerns, ehe die Fäuste flogen. Sie hätten ein abwesendes Lächeln auf seinem schmutzigen, bärtigen Gesicht sehen können, doch niemand schenkte einem Gefangenen die geringste Beachtung.

Die Gespräche verstummten langsam, irgendetwas musste geschehen. ‚Seine' Leute hatten einen lockeren Halbkreis vor dem Abhang gebildet, der ihnen den Rücken freihielt. Aber genau dort ertönten plötzlich mehrere ohrenbetäubende Detonationen, rote Leuchtkugeln stiegen in den Himmel und zerbarsten. Für Sekundenbruchteile erschraken seine Banditen und ließen sich ablenken. Es war der Augenblick, auf den die anderen gelauert hatten. Je zwei oder drei stürzten auf einen Mann und überwältigten ihn, es fiel kein Schuss. In Windeseile lagen die Überrumpelten bäuchlings auf dem Boden, entwaffnet und gebunden. Ihr Anführer wand sich wild fluchend unter den Knien, die ihn niederdrückten. Sein Gegenspieler trat neben ihn und riss seinen Kopf am Haarschopf nach hinten. Er lachte triumphierend und spuckte ihn an. Dann stieß er ihm seinen Dolch seitlich durch die Kehle und zog die Schneide nach vorne durch. Ein Blutschwall tränkte den ockerfarbenen Boden tiefrot, der Schlächter ließ das Haupt seines Opfers achtlos fallen. Niemand sprach ein Wort.

Er dachte an Pia und empfand kein Mitleid. Der Anführer ging zum zweiten Liegenden und wiederholte seine knappen Bewegungen. Es folgte der dritte, vierte und fünfte. Einer stieß einen Todesschrei aus, der in blutigem Gurgeln endete. Ihm schoss der seltsame Gedanke durch den Kopf, dass in diesen Sekunden in Europa, gerade zwei oder drei Flugstunden entfernt, rund um die Uhr Zehntausende Ärzte um das Leben Hunderttausender Schwerkranker, Alter und Gebrechlicher kämpften, alle medizinische Kunst, Technik und Chemie aufwandten, um deren Leben wenigstens noch um Monate oder Wochen zu verlängern – während hier sekundenschnell mit wenigen, gut geübten Schnitten fünf gesunde, junge Männer geschächtet wurden – vermutlich wegen zweier verbeulter Geländewagen und einer Handvoll Waffen. So nebenbei und ungerührt, wie man anderswo Stechmücken erschlägt. Kein Hahn kräht danach.

Sechs junge Männer, korrigierte er sich. Er empfand keine Angst, als sie ihn packten, nur so etwas wie atemlose, leere Erwartung. Die Hand griff fest in sein langes Haar und zog seinen Kopf nach hinten.

9

Auf dem Weg in den zweiten Stock versuchte Falk, sich das Säbelduell auszumalen – immerhin wohnte er selbst am Fuß des Kreuzbergls. Es hatte etwas entschieden Mittelalterliches an sich, weiter entfernt als die nobel gekleideten Herren, die noch vor hundert Jahren in den frühen Morgenstunden ihre Schritte zählten, ehe sie sich umwandten und – ohne auszuweichen oder Deckung zu suchen – ihre Pistolen aufeinander abfeuerten. Er fragte sich, ob ihre Hände nicht heftig zitterten bei dieser offenen Herausforderung des Todes oder einer schweren Verletzung.

Gleich darauf drückte er seine Zigarette sorgfältig im Taschenaschenbecher aus und kam sich dabei ein wenig lächerlich vor.

Magda und Franz Paier leisteten sich an der Wohnungstür eine Sprechanlage mit eingebauter Kamera und als Beschriftung eine kleine Platte aus Messingguss, aus der die naiv geformten Buchstaben ihrer Namen hervortraten. Wie der Eingang zu einer Kinderkrippe. Falk drückte auf den Knopf, der aus dem unteren Teil der Platte ragte.

„Hallo!", tönte eine helle Frauenstimme aus dem Lautsprecher. „Wer sind Sie denn?"

Er sagte es.

„Haben Sie einen Ausweis?"

Der Chefinspektor wollte seine Brieftasche herausziehen, als sie auch schon fortsetzte: „Na, dann ist es ja gut. Augenblick."

Der Schlüssel drehte sich in einem Spezialschloss, die Tür schwang nach innen. Vor ihm stand eine Frau in einem bunt bedruckten Kleid, klein und wahrscheinlich keine 50 Kilo schwer und strahlte ihn an. Ein jugendliches Strahlen aus einem fein geschnittenen Gesicht, das ihr wirkliches Alter nicht verriet. Ihr Kopf war übersät mit winzigen, unterschiedlich getönten Locken. Er lächelte sie freundlicher an als er es von Berufs wegen gewöhnlich tat. Sie streckte ihm ihre Hand entgegen, die er vorsichtig schüttelte, weil sie sich so zerbrechlich anfühlte.

„Nehmen Sie einen Aperitif mit uns", zwitscherte sie.

„Gern", erwiderte er und folgte seiner Gastgeberin in den großen Wohnraum. Modernes Design, Stilmöbel und Mischwesen wie der Couchtisch – eine dicke, ovale Glasplatte, getragen von zwei Bronzelöwen – bildeten einen kühnen Bogen von Klassik bis Kitsch, an den Wänden hing großformatige Pop-Art. Falk verstand genug davon, um zu erkennen, dass der Wert dieser Bilder, wenn sie denn echt waren, locker ein Vielfaches seines Jahresgehalts betrug. Scheinbar aus dem Nichts klang ‚Martha My Dear‘ von einer Schallplatte, die x-tausend Male abgespielt worden sein musste.

Ein dünner Mann in einem violett gestreiften Anzug stand an einer Theke und sah von einem eingebauten Monitor auf. Sein graues Haar trug er schulterlang, das schmale Gesicht war scharfkantig, die grauen Augen – überschattet von ungewöhnlich langen Wimpern – hellwach.

„Guten Tag, Chefinspektor Falk", sagte er. „Wir trinken Gin Tonic, das hat schon die Queen Mum fast unsterblich gemacht. Nicht ganz, allerdings. Was darf es für Sie sein?" Er lächelte ein bisschen spöttisch und fügte hinzu: „Im Dienst."

„Ich schließe mich der Queen Mum an. Sie sind Franz und Magda Paier?"

„Sehr scharfsinnig. Bestimmt sind Sie die Zierde der Klagenfurter Sicherheitsbehörden."

Magda Paier drückte ihm ein hohes, schweres Glas in die Hand und lachte leise und hell wie eine Silberglocke.

„Er ist immer so. Sie dürfen ihn ruhig verhaften und mitnehmen. Rauchen Sie?"

Falk nahm die angebotene Zigarette und fühlte sich behaglich. Er machte eine Geste in Richtung der Gemälde.

„Sind das Originale?"

Paier nickte.

„Warhol, Lichtenstein, Rauschenberg, Alcain. Wir sind in jener Zeit erwachsen geworden und dabei geblieben."

„Nur aus beruflicher Neugier: Ist die Wohnung gut gesichert?"

„Das könnte mit derselben Begründung auch ein Einbrecher fragen. Ziemlich gut, ja. Beehren Sie uns deshalb mit ihrem Besuch?"

„Nein."

Falk berichtete von dem Fund der Arbeiter.

„Klingt skurril", bemerkte Paier trocken.

„Mein Gott!", rief seine Frau und legte vor Schreck die Hände vors Gesicht. Ein breiter, goldener Ring, übersät mit Steinen, die Falk für Rubine und Diamanten hielt, funkelte im Licht. Sie fühlte seinen Blick und sagte, als wolle sie sich dafür entschuldigen: „Es ist mein Ehering, mein einziges Schmuckstück."

Falk ertappte sich bei der halb belustigenden, halb bösartigen Vermutung, dass Monika für diesen Ring sofort ein zweites Mal heiraten würde. Allerdings nicht unbedingt ihn.

„Uns fehlt ein Anhaltspunkt. Haben Sie eine Idee, was diesen … Fund mit dem Haus und seinen Parteien in Verbindung bringen könnte?"

Das Ehepaar wechselte einen langen Blick, dann sagte der hagere Mann: „Ich fürchte, dass Sie von uns in dieser Hinsicht nichts erwarten dürfen. Wir wohnen seit 15 oder 16 Jahren hier …"

„Seit 17", warf sie ein.

„Aber ich bin nie höher gestiegen als in die zweite Etage. Hat mich nicht interessiert."

„Sie hatten auch nie Kontakt zu den anderen Bewohnern?", wandte sich der Chefinspektor an die Frau. Wieder strahlte sie ihn an.

„Im Gegensatz zu Franz kenne ich alle, aber ich schwöre, dass ich nie im Dachboden war."

Falk rauchte eine weitere Zigarette, leerte seinen Drink und verstand, warum sich die Studenten geschmeichelt fühlten, wenn ihnen dieses bezaubernde Mädchen von 70 Lenzen seinen strahlenden Blick und sein Glockenlachen schenkte. Nebenbei stellte er sich die Frage, was der stumme Gedankenaustausch des Paares wohl zu bedeuten gehabt hatte.

Reisebüro Freedom stand an der Tür der Nachbarn. Eine rundliche, junge Frau mit olivfarbenem Teint öffnete. Sie trug ihr schwarzes Haar zu einem dicken, kurzen Zopf geflochten – wenig vorteilhaft für ein konturenarmes Gesicht, das von einem großen, dunklen Augenpaar beherrscht wurde. Sie wartete seine Vorstellung gar nicht ab.

„Herr Bönisch ist im Büro. Bitte folgen Sie mir."
Gesichtsausdruck und Stimme waren von geschäftsmäßiger Höflichkeit und frei von jeglichem Akzent. Das Büro entpuppte sich als fensterlose Abstellkammer mit einem kleinen Tisch, PC und Telefon. Jeder Quadratzentimeter Wand war gepflastert mit Karten, Fotos, Prospekten und Zeitungsartikeln. Die Wahrzeichen Europas leuchteten bunt gemischt zwischen Küsten- und Berglandschaften, den ernsten Gesichtern dunkler Traubenpflücker und dem erstarrten Lächeln halbnackter Tänzerinnen.

Hinter dem Monitor saß ein Mann um die 30, der zunächst aufblickte und sich dann erhob. Er wirkte sehr sportlich, groß, kräftig, mit dichtem, braunem Haar, an den Seiten kurz geschnitten, im Nacken länger. Die kleinen Brillengläser mit dem fast unsichtbaren Drahtgestell passten nicht so recht zum ausgeprägten Gesicht, das Energie und Entschlossenheit signalisierte. Er schüttelte Falk die Hand und entblößte ein wahres Raubtiergebiss.

„Lassen Sie mich raten. Sie fahren seit vielen Jahren an die Adria, an die Riviera, an die Costa del Sol, nach Hurghada und Bodrum, nach Zakynthos und Mykonos. Und jetzt wollen Sie einmal etwas erleben, was nicht von Tausenden Tourismusmanagern vorgekocht und von Millionen Urlaubern wiedergekäut wurde. Mit Gattin oder ohne?"

„Chefinspektor Falk, Kripo."
Bönisch' Gesichtsausdruck änderte sich nicht, er schien nur für den Bruchteil einer Sekunde verwirrt, ehe er weitersprach.

„Da habe ich mich wohl verschätzt, aber vielleicht auch nicht. Polizisten haben schließlich auch ein Privatleben und fahren auf Urlaub. Jedenfalls darf ich mich danach erkundigen, wer mich empfohlen hat."

„Ich komme ohne Empfehlung", sagte Falk. „Im Dachboden dieses Hauses wurde der abgetrennte Finger einer Frau entdeckt. Wissen Sie etwas darüber?"

Bönisch nahm die Nachricht gelassen auf.

„Wenn ich was darüber wüsste, hätte ich einen ziemlichen Erklärungsbedarf, nicht wahr? Tatsächlich weiß ich nichts. Kann es sich um einen Unfall handeln?"

„Wie der Finger abgetrennt wurde, wissen wir noch nicht. Er lag in einem Schmucketui."

„Reichlich makaber", bemerkte der andere ungerührt und ließ sich wieder in seinen Sessel sinken. „Aber nehmen Sie doch Platz."

Falk mochte sich nicht setzen. Er warf einen Blick zur dunklen Frau, die in der offenen Tür stehen geblieben war.

„Frau Bönisch?"

Sie nickte.

„Haben Sie einen Hinweis, eine Beobachtung, vielleicht etwas Ungewöhnliches gehört?"

Ihre Augen wanderten wie schimmernde Basaltkugeln zwischen dem Chefinspektor und ihrem Mann hin und her.

„Nein."

„Benützen Sie den Speicher?"

Bönisch antwortete.

„Ich habe die Wohnung möbliert gemietet. Nach einem Jahr oder so entschied ich mich, länger hier zu bleiben. Da habe ich im Einverständnis mit Herrn Biedermann einige der alten Sachen hinaufgeschafft."

„Das ist eine Weile her?"

Bönisch saß entspannt in seinem Sessel und sah zu seiner Frau.

„Ich würde meinen, dass wir uns in den vergangenen drei, vier Jahren nicht mehr hinauf verirrt haben, oder?"

„Das stimmt", bestätigte sie ruhig.

„Welche Art von Urlaub kann ich bei Ihnen buchen?"

„Ah!", rief der Mann und bleckte erneut seine Zähne. „Sie sind also doch interessiert. Ich organisiere kleine Gruppenreisen, vorwiegend in Europa, und zwar in Gegenden und Stadtviertel, in die sich Touristen sonst selten verirren. Erlebnisse abseits der ausgetretenen Pfade. Erlebnisse mit dem gewissen Etwas."

„Klingt da Gefahr mit?"

„Es kann gefährlich sein, wenn Sie sich nicht auskennen und nicht über gute Verbindungen verfügen. Ich habe sie."

„Leiten Sie die Reisen selbst?"

Bönisch zupfte sein T-Shirt über der muskelmodellierten Brust zurecht.

„Ehemals fast immer. Jetzt nur noch gelegentlich, ich arbeite mit Vertrauensleuten vor Ort."

„Was reizt Ihre Kunden an solchen Zielen?"

„Der Nervenkitzel natürlich. Es sind Leute, die alles ausgekostet haben, was die Natur an Gefahren bietet: Dschungel, Wüsten, Eis, wilde Tiere. Jetzt drängt es sie zu den Orten, an denen der Mensch die größte Gefahr darstellt. In Gegenden, wo immer wieder etwas passiert. Das erzählt sich eben gut, wenn man in einer Kneipe Schnaps getrunken hat, in der Tage zuvor ein Gangster von anderen Gangstern umgebracht wurde …"

„Kommt mir ziemlich krank vor", bemerkte Falk.

„Es ist die Krankheit des rundum abgesicherten Überflusses", stimmte Bönisch zu. „Das Nervenleiden der Null-Risiko-Gesellschaft. Seien Sie ehrlich: Wenn Handystrahlung, Passivrauchen und Übergewicht zu unseren schlimmsten Feinden werden, fallen Ihnen irgendwann die Eier ab. Sobald die Typen am Stammtisch Wasserbier schlürfen und sich gegenseitig mit ihren Cholesterinwerten übertrumpfen, bedeutet das für die Nachfahren von notorischen Kriegern, Jägern und Eroberern das ultimative schwarze Loch. Die wollen sich wenigstens für 14 Tage wieder selbst spüren."

Er grinste breit.

„Und damit es trotzdem nicht allzu riskant wird, kommen sie zu mir."

„Wie riskant wird es denn wirklich?"

Bönisch zuckte mit den Achseln.

„Eigentlich gar nicht. Ernste Sachen lassen sich vermeiden, wenn man sich an die richtigen Leute wendet und sie gut bezahlt. Das Restrisiko erscheint groß genug, um die Spannung zu erhalten."

„Wie sind Sie auf den Job gekommen?"

„Ich gehöre selbst zu diesen Typen. War mit 16 schon überall unterwegs, wohin sich die Vorsichtigen nie verirren. Hast du das Prinzip erst einmal durchschaut, entwickelt sich das Weitere von selbst."

Falk nickte.

„Und dieses Geschäft läuft gut?"

„Lassen Sie sich nicht von dem bescheidenen Büro in die Irre führen. Sehen Sie her."

Er klickte seine eigene Website an, die mit Bildern ebenso überladen war wie das Büro.

„Das Internet bringt es", sagte er zufrieden.

„Also kein Gedankenblitz zum Finger?"

„Leider nicht. Genau genommen: Gottseidank."

Seine Frau – was hatte der Student vermutet: Ägypterin oder Libanesin? – führte Falk hinaus und schloss die Tür.

11

Im ersten Stock öffnete niemand. Falk trat vor das Haus.
Schräg gegenüber presste sich eine schmale Konditorei
zwischen eine noch schmälere Trafik und ein Schuhgeschäft.
Er wechselte die Straßenseite, spähte durch die Auslage der
Konditorei und sah kleine, einladende Kaffeehaustische. Er
nahm die Einladung an. Wie es bei den alten Stadthäusern
häufig vorkommt, dehnte sich das Lokal in die Tiefe, obwohl
es an Breite nirgends mehr als vier Meter maß. Am
entferntesten Tisch vom Eingang gesehen saßen der Gelbe,
Slobo und ein weiterer Arbeiter vor Kaffeetassen und
Mehlspeisen. Der Gelbe nickte dem Chefinspektor zu, der den
Gruß erwiderte. Er wählte einen Platz, von dem er das
Fingerhaus, wie er es schon nannte, und einen Teil der Straße
überblicken konnte. Falk bestellte einen Espresso und sah
Inspektorin Schilling, die aus der Drogerie gegenüber auf den
Gehsteig trat. Er klopfte gegen die Scheibe und winkte ihr zu.
Sie lief über die Straße, kam ins Lokal und setzte sich zu ihm.
Die Kellnerin, eine stämmige Blondine, begrüßte sie wie eine
alte Bekannte, nahm ihre Bestellung entgegen und ging.
„Haben Sie etwas herausbekommen?"
„Hier war ich schon. Die Konditorei wechselt laufend ihre
Besitzer. Die jetzigen betreiben sie erst seit Herbst, die wissen
gar nichts. Das Gleiche gilt für die Boutique zwei Häuser
weiter. Der Trafikant ist hingegen eine Goldgrube. Er sitzt seit
Jahrzehnten in seinem winzigen Laden und ihm entgeht
nichts. Haben Sie schon mit dem Hausbesitzer gesprochen?"
„Nein."
Sie holte einen Block aus der Handtasche und setzte eine
Lesebrille auf.
„Herbert Biedermann, bis vor acht Jahren verheiratet, zwei
Söhne. Beide gründlich gescheitert. Als Kinder die Nase hoch
oben, aber immer Probleme in der Schule, später auch mit
Alkohol und Drogen. Und mit Schlägereien. Seit die Frau
ausgezogen ist, wurden sie hier nicht mehr gesehen. Schuld

sei der Vater, sagt der Trafikant. Ein Casanova mit einer Vorliebe für junge Verkäuferinnen. Wenn er früher das ‚Komme gleich'-Schild in die Tür hängte, lachten alle in der Straße, weil sie wussten, wie es gemeint war."

Schilling blickte kurz auf und gleich wieder auf ihren Block zurück.

„Irgendwann begriff es auch seine Frau. Eine nette Person nach Ansicht des Trafikanten. Sie mochte er, vielleicht, weil sie rauchte, im Gegensatz zu ihrem Ehemann."

„Weiß er, was die Söhne jetzt treiben?"

„Einer sitzt angeblich in Südamerika im Gefängnis. Ist als Drogenkurier aufgeflogen und zu einer hohen Strafe verurteilt worden. Der andere lebt als Sandler in Wien. Vor ungefähr zwei Monaten ist er einer ehemaligen Kundin seines Vaters über den Weg gelaufen. Er hat sie erkannt und mit ihrem Namen angesprochen, daraufhin gab sie ihm etwas Geld."

Sie blätterte um.

„Frau Drexel, Biedermanns Nachbarin im ersten Geschoß, war vor Jahrzehnten Schauspielerin am Stadttheater. Berühmtheit erlangte sie durch ihre Affären. Zwei Rivalen trugen ihretwegen sogar …"

„… ein Säbelduell aus", ergänzte der Chefinspektor.

„Hat sie Ihnen das erzählt?"

„Der pensionierte Beamte in der Wohnung über ihr."

„Hofrat Wassermann. Er soll auch eine Affäre mit ihr gehabt haben, obwohl er ein großer Geizhals ist. Aber das liegt alles lange zurück. Die feurigen Verehrer der alten Dame sind Geschichte. Die schneiden keine Finger mehr ab."

Schilling hielt einen Moment inne, um ihre Notizen zu entziffern.

„Vor den Paiers im zweiten Stock hat mein redseliger Informant den größten Respekt. Ganz besondere Leute seien die, zwei echte Persönlichkeiten. Sie dürften ziemlich unkonventionell sein, aber beeindruckend. Hippies, keine richtigen Berufe – eigentlich mehr als dubiose Gestalten für einen bodenständigen Kaufmann. Aber bei den Paiers ist es anders. Der Mann ist ein technisches Genie. Hat mit Patenten schon in jungen Jahren ein Vermögen gemacht. Seine Frau – eine reizende Dame – hat es angelegt und an der Börse spekuliert. Zu einer Zeit, als wohlhabende Klagenfurter Bürger Sparbücher noch für hochriskante Wertpapiere hielten. Keine Kinder, keine Affären, stets höflich und liebenswürdig."

„Die Studenten?"

„Den einen kannte er schon, als er noch ein Kind war. Moment … Norbert Käfer. Kaufte bereits als 12-jähriger bei ihm Zigaretten, um heimlich zu rauchen. Von den beiden anderen weiß er nicht viel. Nette Burschen, die Mädchen und Partys mögen. Sie helfen ihrer Nachbarin, die ihre Großmutter betreut, obwohl sie als Verkäuferin arbeitet. Er hat angedeutet, dass die Hilfsbereitschaft vielleicht mehr mit der Enkelin zu tun hat als mit ihrer Großmutter. Jedenfalls helfen sie."

Falk winkte der Kellnerin.

„Haben Sie Bier?"

„Nur Flaschenbier, kein offenes."

„Bringen Sie mir eines. Darf man hier rauchen?"

Sie deutete auf die Verbotstafel hinter der Theke, die er schon gesehen, aber hoffnungsvoll ignoriert hatte.

„Tut mir leid."

„Mir auch", murmelte der Chefinspektor. Und zu Schilling gewandt: „Was weiß er vom Reisebüro?"

„Ein Deutscher und eine Libanesin – er kann sie nicht leiden. Vielleicht ist er nicht frei von Vorurteilen."

„Kaum zu glauben", meinte Falk. „Im toleranten Kärnten."

Sie lächelte mild und er verschluckte sich fast am Bier, weil er sich wieder auf diese plötzliche, beunruhigende Art zu ihr hingezogen fühlte. Sie achtete nicht darauf.

„Das Ehepaar Bönisch lebt schon einige Jahre hier. Er kann gar nicht verstehen, dass man in einem Wohnhaus ein Reisebüro betreiben darf. Andererseits kann man es ja gar nicht Reisebüro nennen. Ein kleiner Saftladen für Durchgeknallte. Seine Worte."

„Nach dem, was mir Bönisch erzählt hat, liegt Ihr Trafikant nicht weit daneben. Er organisiert Reisen in Problemviertel, für Leute, denen das einen besonderen Kick versetzt."

„Für den eigenen Kick braucht er nicht wegzufahren, er hat eine Freundin. Der Trafikant hat sie in einem Lokal am See gesehen. Romantisches Abendessen. Die Frau muss in der Nähe wohnen. Sie geht öfters an der Trafik vorbei. Sieht aus wie vom Film."

„Von welchem?"

„Das konnte er nicht sagen. Außerdem joggt Bönisch. Das hat eine Kundin in der Drogerie beigesteuert."

„Na und?"

„Er joggt um Mitternacht. Sie leidet an Schlaflosigkeit und schaut lieber auf die leere Straße als in den Fernseher, das findet sie spannender. Deshalb hat sie ihn öfter gesehen."

„Passt irgendwie zu ihm."

Der Gelbe, Slobo und ihr Kumpel brachen auf.

„Schönen Tag noch", sagte der Arbeiter mit der dunkelbraunen Lederhaut im Vorübergehen. Slobo nickte heftig zustimmend und grinste die Tischplatte freundlich an.

„Danke", erwiderte Falk. „Ebenfalls."

„Starker Typ, der Blonde", sagte Schilling leise, als die Tür ins Schloss fiel. „Irgendwie irreal."

„Irreal wie ein Finger in einem Etui?"

Sie überlegte.

„Nein, anders. Wie ein Zebra auf einer Alm."

Der Chefinspektor begriff den Unterschied in der Irrealität nicht ganz. Vielleicht machte sie sich auch ein wenig lustig über ihn. Sie ließ es sich nicht anmerken.

„Das Ehepaar im 3. Stock ist seit Tagen abwesend. Vermutet jedenfalls der Student, mit dem ich geredet habe."

„Horst und Gabi Liegl, sie arbeiten in der Sparkasse, sind beide um die 40, dauernd unterwegs, keine Ruhe, wie mein Trafikant es nennt. Zu ihm gehen sie nicht und sie unterhalten auch keine Kontakte im Haus oder der Nachbarschaft, deshalb weiß er kaum etwas über sie."

Sie legte den Block auf den Tisch.

„Mehr habe ich nicht."

Eine Weile betrachteten sie gedankenverloren die hinter Eisenstangen und Brettern halb verborgene Fassade.

„Ein Finger in einem Etui", flüsterte Falk schließlich. „Das gefällt mir nicht."

Er trank sein Bier aus und bezahlte.

„Ich bin hungrig. Fahren wir zum Kirchenwirt."

12___

Sie saßen beim Nachtisch, einer Kardinalschnitte, deren
bloßer Anblick jedes Weight-Watchers-Treffen gesprengt
hätte, als Falks Handy läutete.

„Eines kann ich Ihnen jetzt schon verraten", blaffte der
Professor durchs Telefon. „Die Schatulle lag noch nicht lange
dort."

„Wegen der dicken Staubschicht darunter?"

„Das könnte immer noch einige Monate bedeuten, ich rede
von Tagen. Im Scharnier des Etuis habe ich einen Teil einer
Forsythienblüte gefunden, nicht getrocknet, nur welk."

„Wie alt schätzen Sie sie?"

„Kommt auf die Feuchtigkeit an. Höchstens zwei Wochen.
Mein Computerfuzzi kann auch etwas beisteuern: Das Etui
kam vor 12 Jahren erstmals in den Handel."

„Und der Finger? Wie alt ist der?"

„Das dauert noch, Falk. Was ich jetzt schon weiß: Es handelt
sich um einen rechten weiblichen Ringfinger, der mit einem
scharfen Instrument von der Hand abgetrennt wurde. Die Frau
war jung."

Der Professor legte auf.

Im Oval Office, dem strikt rechteckigen Besprechungsraum mit seinem kleinen, runden Wandspiegel, konfrontierte Falk seine engsten Mitarbeiter mit den wenigen Fakten, über die sie verfügten. Die Runde schwieg, bis auf Inspektor Prüllers Gesicht ein Grinsen aufkam, das einen mitreißenden Witz ankündigte.

„Da will uns wohl jemand einen Fingerzeig geben."
Er lachte als einziger.

„Bis jetzt", setzte der Chefinspektor ungerührt fort, „wurde im Dachboden nichts weiter gefunden. Auch die weggeführten Möbel liefern keinen Hinweis. Der Professor geht davon aus, dass das Etui maximal seit zwei Wochen unter dem Kasten lag. Es ist also nicht irgendwann versteckt worden in der Erwartung, dass es viele Jahre niemandem auffallen würde – es sollte vielmehr entdeckt werden und wurde deshalb kurz vor oder nach Baubeginn dort platziert. Dafür muss es einen Grund geben, den wir nicht kennen. Die Leiche – wenn es überhaupt eine Leiche gibt – befindet sich woanders."

„Vielleicht stimmt das mit dem Fingerzeig ja", bemerkte Inspektorin Lerchenfelder. „Jemand will uns auf etwas aufmerksam machen, und es hat mit dem Haus zu tun."

Der stets eifrige Inspektor Quendler meldete sich. „Wenn wir eine Leiche suchen, sollten wir uns auch den Keller ansehen."

„Das übernimmt Mörtl, wenn er mit dem Speicher fertig ist."

„Wahrscheinlich ist gar nichts an der Sache dran", sagte Prüller. „Ein dummer Scherz. Ein Studentenulk. Die haben ihre WG doch gleich daneben und wussten, dass das Etui bei der Renovierung irgendjemandem auffallen würde. In einen alten Schuhkarton schaut niemand hinein, in eine Schmuckschatulle jeder."

Der pragmatische Sorcek brachte die Sache auf den Punkt.

„Ob es ein schlechter Scherz ist oder nicht – es ist ein echter Finger. Also gibt es eine Frau, lebendig oder tot, der er abgeschnitten wurde. Und das ist kein Spaß."

„Er könnte einer Person abgenommen worden sein, die eines natürlichen Todes gestorben ist. Im Krankenhaus, vor dem Begräbnis …"

Der Chefinspektor wusste selbst nicht, was ihn an dem Fall so irritierte, er sagte: „Wenn wir in Klagenfurt eine medizinische Fakultät hätten mit Sezierkursen und dergleichen, wäre ein Studentenstreich gar nicht abwegig, doch dann würde es sich um einen frischen Finger handeln, nicht um einen mumifizierten."

Die Runde schwieg. Falk wartete kurz und unterdrückte ein Seufzen.

„Wir sprechen noch mit den übrigen Hausparteien und sehen, was der Professor herausfindet. Vielleicht ist der Finger ja hundert Jahre alt."

„Ist es strafbar, hundertjährige Finger in Dachböden zu verstecken?", wollte Quendler wissen.

„Störung der Totenruhe, Irreführung der Behörden … Irgendwas findet sich schon."

Er beendete das Meeting und kehrte mit Lacher, der kein Wort beigesteuert hatte, in ihr gemeinsames Büro zurück.

Sein Stellvertreter verabschiedete sich gleich darauf zu einer Zeugeneinvernahme, Falk überflog mit geringem Interesse seinen Posteingang und fragte sich, ob diese Tätigkeit wohl zu den täglichen Abläufen zählte, die nicht zu einer modernen Verwaltung passten. Als die Tür aufging, rechnete er mit Lachers Rückkehr, doch herein trat der LKA-Spezialist für Drogenmissbrauch. Wobei eintreten nicht ganz den Punkt traf. Wenn es eine fleischgewordene Antithese zum Fernsehbullen Sonny Crocket alias Don Johnson gab, so trippelte sie eben auf den schmächtigen, kurzen X-Beinen von Inspektor Gehrer durch Falks Büro. Gehrer hatte auf geheimnisvolle Art die Mindestgröße für den Polizeidienst unterlaufen, er wog weniger als ein Sack Zement, trug seine Haare als Einzelstücksammlung über den kleinen Kopf verteilt und dazu eine gewaltige Hornbrille auf langer Nase über fliehendem Kinn. Im LKA nannten ihn folgerichtig alle ,Miami'. Zu seinen Stärken zählte, dass er den Spitznamen wie eine Auszeichnung betrachtete, zu seinen Schwächen eine leicht gestörte Selbstwahrnehmung. Er sah sich grinsend im Spiegel und dachte: ,Was für ein hässlicher Typ – aber die Frauen stehen darauf.'
Die Frauen sahen ihn und dachten tatsächlich: ,Was für ein hässlicher Typ!'
Nur seine Schlussfolgerung teilten sie nie, weil sie sich da längst abgewandt hatten. Das störte Miami nicht. Er hatte seine große Liebe gefunden und hütete sie eifersüchtig.
Er blieb vor Falks Schreibtisch stehen und sagte aufgebracht: „Unser Kriech-rein-Oberst will, dass ich bei den Balkonbubis mit dir zusammenarbeite. Spinnt der jetzt komplett?"
Der Chefinspektor hob die Schultern.
„Spinnennetze und Netzwerke sind sich sehr ähnlich – klebrige Angelegenheiten. Wenn man erst festhängt, muss man liefern. Die Fliege liefert ihre Säfte und die Spinne freut

sich. Der Oberst liefert mich – kostet ihn ja nichts – und ein Freund von ihm fühlt sich gut behandelt."

Miami tippte mit der flachen Hand gegen seine flache Stirn.

„Daher weht der Wind! Was erzählen wir ihm?"

„Du gibst mir ein paar Hintergrundinfos. Ich mache daraus eine Andeutung von einem möglichen Skandal in der besseren Gesellschaft, den du jedoch gerne vermeiden würdest. Sowas gefällt Prettner immer. Dann biete ich mich als Bulle im Porzellanladen an, mit dem festen Vorsatz, ohne Rücksicht auf Verluste umzurühren. Eine Minute später bin ich aus dem Fall draußen und du hast wieder deine Ruhe."

Der Inspektor entblößte zwei Reihen gelber Schneidezähne, die oberen eine Nummer zu groß, die unteren zwei Nummern zu klein.

„Klingt gut, Falk."

Miami zog einen Sessel heran, schob die von Falk angebotene Akte verächtlich weg und verwandelte sich, leider ohne sein Äußeres zu verändern, in einen kompetenten Spezialisten für Drogendelikte.

„Die Burschen sind keine Verbrecher. Ihre Plantage auf der Penthouseterrasse fällt unter Dummer-Jungen-Streich. Das Anwaltssöhnchen als Rädelsführer hat wohl eine gewisse kriminelle Energie – liegt vermutlich an den Genen – aber ich schätze gerade genug, um eines Tages die Kanzlei des Vaters zu übernehmen. Einmal auf den Tisch klopfen und Buh schreien müsste normalerweise reichen, um die Bande für alle Zeiten auf den Pfad der Tugend zurückzuholen. Nur ist da nicht alles normal."

Er reckte einen knochigen Zeigefinger in die Luft.

„Erstens: Das Material ist zu gut. Sie behaupten, sie hätten die Samen während einer Parisreise für wenig Geld gekauft und daraus die Pflanzen gezogen. Ich glaube, nur ein Profi kommt an diese Qualität – und der verschenkt sie nicht an ein paar übermütige Kerlchen aus der Provinz."

Miami hob einen weiteren Finger.

„Zweitens: Das Know-how ist zu gut. Es handelt sich um Gymnasiasten, die im Gemüsegarten eine Tomatenpflanze nicht von einer Gurke unterscheiden können, weil sie das Zeug nur vom Salatteller kennen, aber bei diesem Kraut haben sie alles richtig gemacht. Lauter Naturtalente mit grünen Daumen."

Der Ringfinger kam hinzu.

„Drittens: Die Tarnung war zu gut. Sie haben alle Kniffe und Tricks verwendet, die es gibt. Wenn sich nicht einer gegenüber einer Freundin verplaudert hätte, wären wir nie auf sie gestoßen."

Sein kleiner Finger gesellte sich zu den anderen.

„Viertens: Die Menge war zu groß. Sie schwören, sie hätten nur für den Eigenbedarf angebaut, aber dann wären sie Junkies im Endstadium und danach sehen sie nicht aus. Als Erklärung bieten sie an, dass bei Ernte und Verarbeitung alles schief gelaufen sei, doch das passt wieder nicht zur Perfektion in den anderen Punkten."

„Sie haben damit auch gehandelt?"

Miami schnaubte grimmig.

„Keiner von ihnen ist in der Szene bekannt. Ich vermute deshalb, es gibt jemanden im Hintergrund, der fürs Rohmaterial, die Fachkenntnisse und die Verteilung zuständig ist. Und der sie ganz fest am Wickel hat. Denn obwohl sie dicht am Wasser gebaut sind und bei jedem scharfen Wort eine Träne zerdrücken, halten sie hartnäckig an ihrer Version fest. Sie haben Angst. Vor uns Bullen, vorm Gericht, vielleicht ein bisschen vor den Eltern – aber vor uns allen längst nicht so viel, wie vor dem oder den Unbekannten im Hintergrund. Das gibt mir zu denken."

„Und was denkst du?"

„Dass jemand viel mehr Druck ausüben kann als wir – durch Erpressung oder durch massive Drohung."

„Hast du jemanden im Verdacht?"

„Ich habe nur den Verdacht, dass es so einen Typen gibt, mehr nicht."

„Dann bietet es sich ja an, dass ich mich auf die Suche nach ihm mache. Zuerst im Umfeld der Kids."

Er blätterte in den ersten Seiten der Akte.

„Ein Anwalt, ein Arzt, ein Architekt ... Triple A. Der Oberst kennt sie bestimmt alle persönlich. Ich werde ihm vorschlagen, sie kurzfristig vorzuladen."

Miami verzog sein Gesicht zu einem breiten Grinsen, kein schöner Anblick, aber eindrucksvoll.

„Yep", sagte er, schüttelte Falk die Hand und ging seiner Wege.

15____

Monika war noch nicht da, als der Chefinspektor gegen sieben nach Hause kam. Sam begrüßte ihn mit überschäumender Freude. Er öffnete eine Futterdose für ihn und eine Bierdose für sich und machte sich in einem Anfall von Heißhunger über Speck, Schinken und die harten Würste vom letzten Bauernmarkt her. Dann setzte er sich auf die Terrasse und warf Tennisbälle durch den Garten, denen Sam unermüdlich nachjagte. Falks Gedanken kreisten müßig um den Frauenfinger im Schmucketui und das Säbelduell auf dem Kreuzbergl. Er nahm sich vor, die alten Akten auszuheben. Er hätte gern gewusst, wo genau dieser Zweikampf stattgefunden hatte.

Die Wohnhöhle seines Schwiegervaters, ein komfortables Blockhaus im hinteren Teil des Gartens, häufiger Treffpunkt für Schachspiel und Rotwein, stand seit zwei Wochen leer. Der Schwiegervater urlaubte in Spanien.

Monika kam erst nach Mitternacht vom Seminar zurück. Sie hatte einen leichten Schwips, glänzende Augen und roch nach Gasthaus, nach diesem Mix aus Essen, Alkohol, Rauch und Menschen, der einem selbst nicht auffällt. Erst am nächsten Morgen fällt er auf, wenn der Geruch aus der Kleidung aufsteigt wie ein abstoßender Gruß vom Vortag. Falk kannte seine Frau besser als jeden anderen Menschen. Er fand sie etwas zu sehr angeregt, gemessen am Anlass. Sam beschnüffelte sie ausgiebig. Sie schüttelte die Schuhe von den Füßen und ließ sich in einen Polstersessel fallen.

„Ich habe tausend Bekannte getroffen. Erinnerst du dich an Yasmin, Yasmin mit Y, die mit dem Freizeitkabarettisten befreundet war, der bei jeder Vorstellung einen Streit mit irgendwem aus dem Publikum anfing und regelmäßig Prügel bekam, während sie ruhig bei ihrem Getränk wartete, bis sie ihn endlich aufsammeln und nach Hause bringen konnte?"

Falk nickte automatisch, während er überlegte, ob der Spaniel mit seinem überlegenen Geruchsinn zwischen den unzähligen, flüchtigen Umarmungen und Küsschen seines Frauchen-Tages unterscheiden konnte. Ob er vielleicht auch spürte, wenn sich eine innigere Umarmung darunter verbarg, eine Verschlingung von Körpern und Vermischung von Sekreten, die der Professor nur mit dem ganzen Arsenal seines Labors würde nachweisen können, die Sam jedoch ohne Mühe allein mit dem Talent seiner Nase klar und deutlich vor sich sehen mochte.

Automatisch strich er dem Hund über den Kopf und las in seinem treuherzigen Blick nur Arglosigkeit, Zuneigung und Müdigkeit.

Monika schwatzte wie aufgezogen weiter über all die fremden Leute, während sie sich noch im Sitzen von ihren Kleidern befreite und nackt unter die Dusche spazierte und auch dort noch redete. Er saß auf dem Wannenrand und beobachtete gähnend, wie sie sich wusch, um sich von dem langen Tag zu säubern oder auch von mehr – aber kam es darauf an?

Beim Abtrocknen stoppte ihr Redefluss plötzlich, sie fragte: „Wie war dein Tag?"

„Wir haben einen vertrockneten, weiblichen Ringfinger gefunden", erwiderte er. „In einem Schmucketui."

Sie starrte ihn an.

„Mit einem Ehering?"

„Nein."

„Na, Ringfinger und Schmuck, das könnte doch Hochzeit bedeuten, oder wenigstens Verlobung."

„Schmuck wird auch zu anderen Gelegenheiten geschenkt. Außerdem ist es ein längliches Etui. Eher für ein Armband oder eine Kette."

Sie zuckte die Achseln, was seine Aufmerksamkeit auf ihre Brüste lenkte, die noch fest und rund waren, aber auch schwerer und irgendwie bedeutungsvoller als vor den Schwangerschaften.

„Ja. Nur sind Hochzeiten halt dramatischer. Und abgetrennte Finger schließlich auch."

„Da ist was dran", gab er zu.

„Ist die Frau tot?"

„Wir wissen es nicht."

Sie erschauerte, sei es wegen des Fingers oder der offenstehenden Badezimmertür, und rubbelte sich trocken, bis ihre Haut rosig schimmerte. Bei ihrem Anblick fielen ihm die feinen Härchen in Inspektorin Schillings Nacken ein und dieser Gedanke sandte ein Signal aus, das Monika auffing. Mit einem leicht spöttischen Lächeln in Augen und Mundwinkeln trat sie auf ihn zu, nahm seine Hände, legte sie um sich und drückte sie gegen ihre kühlen Pobacken.

„An so was denkst du jetzt doch, oder?"

Im Grunde hatte sie recht, wenn auch nicht im Detail. Statt einer Antwort hob er sie hoch und trug sie ins Schlafzimmer.

16___

Bönisch lief. Mit langen, raumgreifenden Schritten eilte er durch die Nacht. Es strengte ihn kaum an. Er war ein geborener Läufer. Er brauchte dafür keine Pulsuhr, keine Taktik, keinen Plan, schon gar keine Stoppuhr. Er lief nicht um des Laufens willen. Er lief, um zu denken. Die Atemstöße seiner Lungen und die Stöße des Bodens gegen seine Fersen takteten sein Gehirn. Er lief in der Nacht, weil er allein war und nicht auf die Strecke achten musste. Sein Instinkt bestimmte die Route. In jener Nacht dachte er an die Aufgaben des kommenden Tages, an Leute in fernen Ländern, die er kontaktieren, an Absprachen, die er treffen musste. Viele Geschäftsunterlagen, Namen, Adressen und Telefonnummern speicherte er ausschließlich in seinem Gedächtnis. Er dachte an den Besuch des Bullen und an den Anlass dieses Besuchs. Vor allem aber dachte er an manche Veränderungen in der großen Welt, und was sie für seine Geschäfte bedeuteten. Drei seiner wichtigsten Vertrauensleute erreichte er seit Tagen nicht. Geänderte Verhältnisse zerstören mühsam aufgebaute Beziehungen. Es würde viel Zeit und Geld kosten, um das auszugleichen. Er musste es persönlich erledigen, aber solange sich vieles im Umbruch befand …
Ein Radfahrer überholte ihn und bog unsicher einige Dutzende Meter vor ihm in die Garageneinfahrt eines Wohnhauses. Der Anblick des Betrunkenen amüsierte Bönisch. Wer wusste, was den armen Kerl hinter der Haustür erwartete?
Sekunden später befand er sich selbst auf Höhe der Einfahrt. Ein Fuß schoss nach vorne und brachte ihn zu Fall. Er konnte den Sturz nicht vermeiden. Trotz seiner Körpergröße machte er sich augenblicklich rund, rollte ab und nutzte den eigenen Schwung, um wieder auf die Beine zu kommen. Aber der andere war schneller. Ehe Bönisch richtig stand, traf ihn ein harter Schlag ins Gesicht, der ihn zurücktaumeln ließ. Ein zweiter und dritter folgte, dann ein kurzes Trommelfeuer, dem

er nichts entgegensetzen konnte – und dann war es vorbei. Er lehnte mit dem Rücken an einem Maschenzaun, lag fast darin, schwer atmend, die Fäuste halbhoch zur Verteidigung erhoben und sah den Radfahrer mit Schwung in die nächste Seitenstraße biegen. Er wischte sich übers Gesicht und betrachtete seine Hände. Im schwachen Licht schimmerte sein Blut nicht rot, sondern in tiefem Dunkelgrau. Er säuberte sich notdürftig mit Papiertaschentüchern und lief langsam und gedankenvoll weiter.

17

Der Chefinspektor schlief tief und traumlos und erwachte erst, als Monika an seiner Schulter rüttelte, damit er den Wecker endlich abstellte. An normalen Arbeitstagen konnte sie länger im Bett bleiben, weil ihr Unterricht erst am späten Nachmittag begann, sich dafür aber bis zehn Uhr abends hinzog, manchmal auch bis elf und länger.

Er kleidete sich an und frühstückte mit Sam, der sich nach dem obligaten Butterbrot wieder ins Schlafzimmer zurückzog, um noch ein Nickerchen anzuhängen. Falk verspürte einen Anflug von Neid.

Er zwängte sich in den Cinquecento, der eigentlich eine Nummer zu klein war für ihn, für sein Alter, für seinen Bauchansatz ... Er schüttelte den Kopf. Normalerweise schob er solche Gedanken von sich, in der zutreffenden Gewissheit, dass es reichlich Kollegen gab, die ohnehin ihre Witzchen darüber machten.

Falk fuhr direkt in die Burggasse. Die Spurensicherung befand sich noch vor Ort. Jimmy Kern, der draufgängerische Polier stand neben einem kleinen dicken Mann, der ungeduldig auf den Ballen wippte. Er blickte von seiner Uhr zum Gerüst, zum Vorarbeiter, das Krangestänge hoch und wieder auf die Uhr. Falk parkte neben dem Polizeibus und stieg aus. Der Polier eilte gleich auf ihn zu, schüttelte ihm kräftig die Hand und lächelte breit.

„'n Morgen, Chefkommissar! Gerade hab' ich dem Boss erzählt, dass Sie hier das Kommando haben und es keinen Sinn hat, mit den anderen Bullen – 'tschuldigung, Ihren Kollegen – groß zu diskutieren. Denen geht es schließlich nicht anders als mir: Sie sind ihr Boss und sie springen, wenn Sie es ihnen anschaffen."

Er lachte über den eigenen Wortschwall.

„Kommen Sie her, Boss! Dieser Mann hat hier das Sagen."

Der kleine, dicke Mann stand allerdings längst vor ihnen und reichte Falk eine kleine, dicke Hand. Er hatte ein fröhliches

Gesicht mit roten Backen und flinken, hellblauen Augen. Sehr schlauen, klugen Augen, die Falk in Sekundenbruchteilen scannten und einordneten.

„Leo Zehrer. Freut mich, Sie kennenzulernen."

„Chefinspektor Falk, Kripo Klagenfurt. Sie haben die Renovierungsarbeiten übernommen?"

„Ja. Und jede Stunde, in der nichts geschieht, tut uns weh. Aber mir ist schon klar, dass es bei Ihrer Geschichte um mehr geht. Furchtbare Sache."

Obwohl es erst acht war, wärmte die Sonne Falks Rücken angenehm.

„Ich glaube nicht, dass wir hier noch lange brauchen. Wenn Sie ein paar Minuten Zeit haben …"

Zehrer nickte. Der Chefinspektor deutete auf die Konditorei.

„Trinken wir einen Kaffee?"

Der Polier platzte beinahe vor Wissbegierde. Seinem Boss genügte ein Blick auf Falk, um zu erkennen, dass der keine weitere Begleitung wünschte.

„Du hast gehört, dass es nicht mehr lange dauert. Verständige die Leute, Jimmy. Sie sollen sich beeilen."

„Ja, Boss."

Sichtlich gekränkt drehte der Vorarbeiter ab.

„Dabeisein ist für Jimmy alles", bemerkte Zehrer ein bisschen boshaft. „Da kann sich seine Frau heute wieder etwas anhören."

„Er ist verheiratet?"

Dem Bauunternehmer entging der überraschte Unterton nicht. Er lachte.

„Glücklich verheiratet und begeisterter Vater. Was nicht bedeutet, dass er oft zu Hause schläft. Er erzählt seiner Frau regelmäßig, dass er auf auswärtigen Baustellen übernachten muss. So viele auswärtige Baustellen haben wir gar nicht."

„Nimmt sie es ihm ab?"

Sie öffneten die Tür zur Konditorei und Falk wählte automatisch seinen Platz vom Vortag.

„Jimmys Frau ist nicht auf den Kopf gefallen, die glaubt ihm bei aller Liebe kein Wort. Aber sie tut so, als ob. Das würde mir an Jimmys Stelle sehr zu denken geben."

Sie bestellten Kaffee und Kipferln, weil es unmöglich war, sich dem überwältigenden Duft des frischen Gebäcks zu entziehen.

„Waren Sie selbst auf dem Dachboden?"

„Natürlich", sagte Zehrer mit einem halben Kipferl im Mund. „Bevor ich eine Baustelle übernehme, sehe ich sie mir sehr genau an."

„Das Etui ist Ihnen dabei nicht zufällig aufgefallen?"

Der kleine Unternehmer drohte ihm scherzhaft mit erhobenem Zeigerfinger.

„Chefinspektor!", rief er. „Sie sind mir ja ein ganz Durchtriebener! Aber glauben Sie mir: wenn ich ein Schmucketui sehe, mache ich es sofort auf."

Falk sah ihn nachdenklich an.

„Sie hätten es auch hinlegen können."

Sein Gegenüber wurde schlagartig ernst und kniff die Augen zusammen.

„Warum hätte ich das denn tun sollen?"

„Genau das ist mein Problem", gestand Falk. „Ich habe keine Ahnung."

„Also stochern Sie ein bisschen herum. Na, ist ja Ihr Job."

Er blickte auf die Uhr. Der Chefinspektor ignorierte es.

„Was können Sie mir über Ihre Arbeiter erzählen?"

„Jimmy und Slobo sind ständig bei mir beschäftigt. Von Jimmy haben Sie sich wohl schon ein Bild gemacht. Ein Hansdampf in allen Gassen. Aber er kann zupacken und er bringt auch die Leute zum Arbeiten. Slobo ist ein netter Bursche. Nicht der hellste, aber flink und geschickt. Auf dem Dach macht ihm keiner was vor."

Er legte eine kurze Pause ein und sprach leiser.

„Sie wissen wohl schon, dass er mit dem Gesetz ein paar Probleme hatte?"

Falk wusste es noch nicht, deutete aber ein Nicken an.

„Nichts Ernstes. Er hatte zwei- oder dreimal die Gelegenheit zuzugreifen und das hat er getan. Ohne böse Absicht, ohne nachzudenken. Einmal ließ er das Schminkköfferchen einer alten Dame mitgehen. Nur weil es eben dastand. Ich habe zu seinen Gunsten ausgesagt und versprochen, dass es nicht wieder vorkommen würde. Es ist auch nicht mehr vorgekommen. Slobo hat seine Lektion gelernt."

„Und die anderen?"

„Gelegenheitsarbeiter. Die holen wir, wenn es erforderlich ist. Zwei davon habe ich zum ersten Mal gesehen."

„Den Gelben zum Beispiel?"

„Den Burschen würde ich auch fix aufnehmen, aber er will nicht. Wenn wir Arbeit für zusätzliche Leute haben, ist er der erste, den wir fragen."

„Kennen Sie ihn schon länger?"

Zehrer dachte nach.

„Ungefähr ein Jahr, schätze ich. Muss von auswärts gekommen sein, vorher habe ich ihn nie gesehen. Und den vergisst man nicht."

„Mit dieser Haarfarbe bestimmt nicht."

„Sie meinen, er könnte zuvor ganz unauffällig rumgelaufen sein? Ich weiß nicht, es ist nicht nur die Frisur."

Falk sah durchs Fenster und merkte, dass die Spurensicherung ihre Utensilien im Bus verstaute.

„Kommen Sie mit", sagte er. Und zur Kellnerin: „Ich bin gleich zurück."

Etwas abseits vom Kran standen bereits die Arbeiter. Der Gelbe hob die Hand zum Gruß, Falk winkte zurück. Er warf Inspektor Mörtl einen fragenden Blick zu.

„Nichts", sagte der nur. „Wir sind in fünf Minuten dahin." Jimmy gesellte sich zu ihnen, die Hände tief in den Taschen vergraben.

Sein Boss rief: „Es geht weiter, Jungs. Ihr wisst, was ihr zu tun habt."

Er reichte dem Chefinspektor die Hand.

„Hat mich gefreut. Danke für das zweite Frühstück."

Wie ein dickes Wiesel hastete er zu seinem Geländewagen, der auf der anderen Seite des Krans halb auf dem Gehsteig parkte.

„Verdammt!", hörten sie ihn gleich darauf schreien. „Schon wieder einer!"

Er schwenkte einen Strafzettel.

„Eigentlich war ich ja Ihr Zeuge, Chefinspektor, wollen Sie das nicht klären?"

Falk schüttelte den Kopf.

„Einen Versuch war's wert", rief Zehrer, sprang in seinen Wagen und brauste davon.

„So ist er", kommentierte Jimmy nicht ohne Bewunderung. „Dürfen wir rein?"

Falk sah zu Mörtl, der zustimmend nickte. Die Arbeiter setzten sich in Bewegung. Der Chefinspektor kehrte in die Konditorei zurück und beglich die Rechnung.

18

Diesmal rührte sich etwas in Biedermanns Wohnung, als Falk seinen Finger auf die Klingel drückte. Der Hausbesitzer öffnete die Tür und starrte ihn an.

„Dachte schon, Sie kommen gar nicht mehr", grummelte er, drehte sich um und ging hinein. Der Chefinspektor folgte ihm.

„Sie haben mich erwartet?"

„Klar. Sie waren ja schon bei Wassermann und der alte Tabaktürke redet seit gestern ohnehin über nichts anderes mehr. Will gar nicht wissen, was der über mich erzählt hat. Setzen Sie sich, bringen wir es hinter uns. Aber ich sage Ihnen gleich, ich weiß nichts."

Biedermann setzte sich an den Esstisch des gemütlichen Wohnzimmers. Er hielt den hageren Kopf gesenkt und musterte Falk von unten heraus durch buschige Augenbrauen. Kräftiger Rindsuppenduft drang von der Küche herein.

„Der abgetrennte Finger, der auf Ihrem Dachboden gefunden wurde, ist also keine Neuigkeit für Sie?"

„Gestern war es noch eine, wenn es das ist, worauf Sie hinauswollen."

„Haben Sie eine Ahnung, wie er dorthin gelangt ist?"

„In diesem Haus wohnen 14 Personen, Besucher gehen ein und aus und jetzt auch noch alle möglichen Handwerker, weil ich mich ruiniere, nur um die Substanz zu erhalten. Für wen, frage ich mich oft."

„Ja, für wen?", hakte Falk nach.

„Nicht für meine Söhne!", blaffte sein Gegenüber. „Bestimmt hat man Ihnen gesteckt, was mit denen los ist. Ich wollte, ich wäre ihrer Mutter nie begegnet!"

„Stimmt es, dass einer davon in Südamerika einsitzt?"

„In Kolumbien. Zehn Jahre hat er ausgefasst. Er behauptet, man habe ihn reingelegt. Das halte ich durchaus für möglich. Dumm genug ist er."

„Der andere lebt in Wien?"

„Die rührselige Geschichte haben Sie vom Tabaktürken. Keine Ahnung, ob etwas dran ist. Ich will es auch nicht wissen, habe genug eigene Sorgen."

„Sie finden keinen Mieter für das Geschäftslokal?", fragte Falk, nicht ganz frei von Häme.

„Natürlich nicht!", polterte Biedermann. „Zuerst haben Generationen von Politikern den Verkehr beruhigt, die Straßen eng gemacht und möglichst viele Parkplätze abgeschafft – nun stehen sie mit aufgerissenen Mäulern da und wundern sich, dass die Geschäfte in der Stadt zusperren. Die begreifen nicht, dass es den Leuten ganz egal ist, was irgendwelche Studienautoren für ihr Bestes halten. Die pfeifen drauf und machen, was ihnen passt."

Falk dachte kurz und wehmütig an die Antiraucherkampagnen der letzten Jahre und an den hemmungslosen Fanatismus der Weltverbesserer im Allgemeinen.

„Warum, glauben Sie, legt jemand einen abgetrennten Finger ausgerechnet in Ihr Haus?"

Biedermann hob den Kopf und richtete den Blick seiner blassblauen Augen erstmals direkt auf den Chefinspektor.

„Darüber habe ich nachgedacht. Es muss eine hässliche, alte Geschichte dahinter stecken. Der Finger bedeutet eine Warnung oder eine Drohung."

„An wen mag sie sich richten?"

„Das müssen schon Sie herausfinden. Solche Sachen hängt niemand an die große Glocke."

„Haben Sie einen Tipp?"

Der Hausherr schien einen Augenblick lang zu zögern, vielleicht überlegte er auch nur.

„Nein", beschied er Falk schließlich knapp.

„Wissen Sie, wann ich das Bankerehepaar antreffen kann?"

„Die sind seit drei Wochen in Australien. Sollten dieser Tage zurückkehren. Genau weiß ich es nicht."

Wenn das stimmte, schieden die beiden aus – zumindest, was das Verstecken oder Präsentieren des Fingers anbelangte.

19

Als Frau Drexel dem Chefinspektor die Tür öffnete, fand der
den Vergleich des Studenten mit der ewigen Mumie nicht
abwegig. Der Teint der papierdünnen, durchscheinenden Haut
der alten Dame wies unzählige Falten und Runzeln auf. Sie
wirkte tatsächlich sehr, sehr alt. Doch ihre braunen Augen
blickten klar und wenn man sie schon als Mumie sah, so hielt
und bewegte sie sich jedenfalls wie eine königliche Mumie.
Getigerte Katzen strichen um ihre Füße und zeigten auch vor
Falk keine Scheu. Es mochten sechs oder sieben sein. Im
Vorraum reihten sich mehrere Katzenklos aneinander, eine
Mischung aus Desinfektionsmitteln und Kräuteraroma hing in
der Luft. Sie ging vor ihm her ins Wohnzimmer, mit
langsamen Schritten, aufrecht und stolz wie eine Herrscherin.
Als sie auf einem Biedermeiersessel Platz nahm, mutete das
an wie ein Bühnenereignis, während er sich einfach hinsetzte,
wie Bullen und andere Bürger es tun. Sein Stuhl erwies sich
als das unbequemste Sitzmöbel aller Zeiten, er wagte nur
nicht, gleich wieder aufzustehen, weil ihr strenger und
prüfender Blick ihn gleichsam festhielt und lähmte.
„Was ist das für ein Unsinn mit dem Finger?", fragte sie mit
fester Stimme.
„Leider kein Unsinn", erwiderte er. „Von wem haben Sie es
gehört?"
„Von Bieder- und Wassermann, die sich mit den Jahren zu
immer schlimmeren Tratschweibern entwickeln. Ich habe
mein ganzes Leben lang den größten Wert auf Diskretion
gelegt. Die Menschen verhalten sich oft falsch. Richtig
schäbig wird es, wenn sie es dann auch noch brühwarm
herumerzählen."
Vom beruflichen Standpunkt schätzte Falk solche Leute ganz
besonders, dennoch nickte er zustimmend.
„Also gibt es den Finger wirklich?", vergewisserte sie sich.
„Ja. Und es ist sehr wahrscheinlich, dass er sich nicht länger
als seit zwei Wochen im Dachboden befand."

„Ich war seit vielen Jahren nicht mehr oben", stellte sie fest.
„Es ist beunruhigend, finden Sie nicht? Wie ein böses Omen."
Sie ließ ihren Blick durchs Zimmer schweifen, über vergilbte
Tapeten, Stilmöbel mit einer ganz speziellen Patina, die von
Generationen scharfer Katzenkrallen stammte, unzählige,
gerahmte Fotos von Menschen, die aussahen, als hätten sie
einmal etwas dargestellt in der Gesellschaft und in der Welt
des Theaters, die dem Chefinspektor aber fremd waren.
„Ich glaube an böse Vorzeichen", fuhr sie fort. „Ich habe
erlebt, wie sie sich bewahrheiten."
„Was könnte dieses Zeichen vorhersagen?", fragte er.
„Gewalt", sagte sie düster. „Die brutale Gewalt unserer Zeit."
Ihm fiel das Säbelduell ihrer Zeit ein und plötzlich begriff er,
dass sie nur schauspielerte. Sie versuchte, ihn zu
beeindrucken. Sie wollte erproben, ob sie noch über diese
Macht verfügte. Das andere, der Finger, die Gewalt,
interessierten sie in Wahrheit nicht.
„Haben Sie einen konkreten Verdacht?"
Ihr Blick haftete erneut auf ihm wie eine Fessel, doch nun
verfehlte er seine Wirkung. Sie fühlte es mit ihren geschärften
Bühneninstinkten.
„Vorahnungen sind nicht konkret. Sie können es gar nicht
sein. Warnungen sind es, Boten des Schicksals."
„Sehr schweigsame Boten", bemerkte der Chefinspektor.
„Nennen sie mir die Art der Gefahr, vielleicht sogar einen
Namen?"
Er bemühte sich sehr um einen neutralen Tonfall, doch mit
ihren feinen Ohren vernahm sie noch die leiseste Ironie.
„Sie glauben mir nicht. Aber Sie werden sehen, dass ich recht
behalte."
„Ich mache mir selbst Sorgen", erwiderte er. „Aber Sie wissen
nichts."
Sie betrachtete ihn, wie ein alter Adler einen Mistkäfer
betrachten mochte.
„Ich habe Ihnen weiter nichts zu sagen. Wenn Sie bitte gehen
würden."

Falk erhob sich und ging. Eine der Katzen begleitete ihn und begann in der Streu zu scharren, als er die Türe hinter sich ins Schloss zog.

20

Im vierten Stock öffnete niemand. Der Chefinspektor stieg die Treppen hinab und traf auf Bönisch, der ebenfalls gerade das Haus verlassen wollte. Er sah erschreckend aus mit einem tiefblauen Auge, einem riesigen Pflaster auf der linken Wange und der dick geschwollenen Unterlippe.

Sein Versuch, Falk anzulächeln, missglückte.

„Der Arzt hatte recht. Es ist nicht ratsam, das Gesicht zu verziehen."

„Wer hat Sie so zugerichtet?", fragte Falk.

„Ein verrückter Schläger", erwiderte der Deutsche. „Er hat mich beim Joggen mit dem Rad überholt und ist dann aus einer Einfahrt heraus ohne Vorwarnung über mich hergefallen."

„Haben Sie ihn erkannt?"

Der Deutsche versuchte zu lachen.

„Leider nicht. Es war nach Mitternacht und ziemlich dunkel. Es ging alles sehr schnell. Als ich mich wehrte und ihm meinerseits ein paar verpasste, sprang er aufs Rad und verduftete."

Falks Blick glitt über die Knöchel von Bönisch' Händen, die keinerlei Kampfspuren aufwiesen.

„Waren Sie bei der Polizei?"

„Wozu? Die Straße war menschenleer und selbst wenn Sie mir den Typen direkt vor die Nase halten würden, könnte ich ihn nicht identifizieren, weil ich einfach nichts von ihm gesehen habe. Ich glaube, er trug sogar eine von diesen Skihauben, die man bis zum Hals ziehen kann, aber nicht einmal da bin ich mir sicher."

„Wie erklären Sie sich den Angriff?"

„Gar nicht. Es gibt Kerle, die platzen fast vor Aggression. Bevor sie wirklich platzen, reagieren sie sich am erstbesten ab. Das war ich. Pech gehabt."

Der Chefinspektor kannte Männer, auf die das zutraf. Bei aller Aggression stürzten die sich aber nicht unbedingt auf durchtrainierte Muskelpakete von 1,90 m Größe. Die wollen austeilen, nicht einstecken.

„Wo ist das passiert?"

„In einer Wohnstraße südlich des Flughafens."

„Weiß jemand, welche Strecke Sie gewöhnlich laufen?"

„Gewiss nicht. Das weiß ich nämlich nicht einmal selbst. Ich laufe los und wähle willkürlich den einen oder anderen Weg. Die Entscheidung überlasse ich meinen Beinen."

Sie traten auf die Straße.

„Wie sind Sie auf Klagenfurt gekommen?"

Bönisch verstand nicht.

„Ich meine, Klagenfurt wird nicht gerade der Ort sein, an dem Sie besonders viele Kunden für Ihre Reiseangebote finden."

„Ach nein. Das läuft nur übers Internet. Ich könnte ebenso gut in Wien oder München arbeiten."

„Das dachte ich mir. Warum also gerade Klagenfurt?"

„Ich stamme aus Wiesbaden, Chefinspektor. Sagt Ihnen das was?"

„Eine Partnerstadt."

„Ja. Und als Mittelstürmer einer Schülerfußballmannschaft bin ich vor einigen Jahren zum ersten Mal hergekommen. Später immer wieder. Mir gefällt es hier."

Der Deutsche verabschiedete sich. Falk zögerte. Einerseits lockte die Konditorei, andererseits streifte sein Blick die Trafik, die kaum breiter war als das charakteristische, schräg nach oben ragende Austria-Tabak-Schild. Es mutete so nostalgisch und vergangen an, wie die Winker, die einst beim VW-Käfer das Abbiegen anzeigten. Er betrat den Laden. Der Besitzer blinzelte ihm hinter dicken Brillengläsern erwartungsvoll entgegen. Falk begriff gleich, warum Biedermann ihn den Tabaktürken nannte. Der Trafikant trug einen hoch gezwirbelten, dunklen Schnurrbart und eine niedrige, tönnchenförmige Kopfbedeckung, dunkelrot und bestickt mit – möglicherweise – arabischen Schriftzeichen. Wenn man ihm beides wegnähme, hätte er ausgesehen wie der durchschnittlichste Klagenfurter. Vermutlich legte er deshalb Wert darauf.

Sie wechselten einen Gruß, Falk kaufte Zigaretten und wies sich als Bulle aus. Der Mann strahlte vor Vergnügen.

„Bitte, Chefinspektor, fragen Sie! Fragen Sie!"

„Was können Sie mir noch über Biedermanns Söhne sagen? Er selbst will ja gar nichts von ihnen wissen."

Der Kaufmann spähte vorsichtig in jeden Winkel seines winzigen Ladens, als fürchtete er heimliche Lauscher und sagte leise: „Biedermann ist ein Lump. Er hat Haus und Geschäft von seinem Vater geerbt und sich immer für weiß Gott was gehalten. Jeden Tag hat er mit den anderen Geschäftsinhabern beim Moser gehockt. Dort haben sie schon am Vormittag ihre Gläschen getrunken, gewürfelt, Karten gespielt und sich gegenseitig versichert, was für tolle Hechte sie doch sind. Jetzt gehen sie der Reihe nach den Bach runter."

Er kicherte zufrieden. Es lag auf der Hand, dass er mit seiner kleinen Trafik nie zur erlesenen Runde gezählt hatte.

„Das Geschäft führte seine Frau, eine feine Frau, er kümmerte sich nur ums Personal, ums junge, weibliche Personal, um genau zu sein. Was Wunder, dass aus den Söhnen nichts wurde. Beide Eltern hatten keine Zeit für sie, dafür immer genug Geld in der Tasche. Als sie in Schwierigkeiten gerieten, hat die Mutter für sie gekämpft, ihm war es egal."

„Hat sie etwas erreicht?"

„Sie hat erreicht, dass Ernst – das ist der jüngere – aus einem Horrorgefängnis in eine weniger verrufene Anstalt verlegt wurde. Manuel lebt als Sandler in Wien. Sie gibt ihm Geld für Kleidung oder ordentliches Essen, das er umgehend in Wein anlegt."

„Die beiden waren also schon lange nicht in Klagenfurt?"

„Ernst ganz bestimmt nicht, bei Manuel kann ich es nicht sagen. Hier bin ich ihm seit Jahren nicht begegnet, doch Wien ist nicht weit."

Er zögerte.

„Möglicherweise habe ich ihn am Bahnhof gesehen."

„In Klagenfurt?"

„Ja. Ich bin mir aber nicht sicher. Und er ist nicht gerade jemand, bei dem man sich unbedingt vergewissert."

„Weshalb nicht?"

„Er ist aggressiv. Einer von den Typen, die schon einen flüchtigen Blick als Beleidigung auffassen, wenn ihnen danach ist. Zumindest in seiner Jugend hat das gereicht."

„Wann war das am Bahnhof?"

„Am vorletzten Sonntag. Ich habe eine Tante zum Zug gebracht."

Falk wechselte das Thema.

„Gab es im Zusammenhang mit Biedermann oder seinen Mietern irgendein Ereignis, das Aufsehen verursachte – das vielleicht vertuscht wurde? Es könnte Jahre zurückliegen."

„Vertuscht wird ständig etwas", erwiderte der Trafikant nüchtern. „Was meinen Sie, was sich hinter diesen Fassaden abspielt? Affären, Schläge, Drohungen … Alles ganz familiär."

„Ungewöhnliche Todesfälle, abgängige Personen?"

Der Tabaktürke, wie Falk ihn für sich nun ebenfalls nannte, hob sein Tönnchen hoch und strich über die spärlichen, weißen Strähnen, die sich darunter verbargen.

„Ich habe vor langer Zeit ein Drama erlebt, das mit abgetrennten Fingern zu tun hatte. Um die Ecke gab es früher eine Fleischerei, da sind zwei große, betrunkene Männer aufeinander losgegangen. Sie verstanden nichts vom Boxen, sie haben sich nur mit ihren Riesenfäusten zu Brei gedroschen. Zuletzt schnappte einer ein langes Fleischmesser von der Theke. Der andere griff danach und musste es loslassen, weil zwei seiner Finger auf den Boden fielen. Dann bekam er die Klinge ein paar Dutzend Mal in den Leib. Es war Vormittag, ich stand mit meiner Jausensemmel neben der Theke, 13 Jahre alt."

Seine grauen Augen blickten über Falks Schulter direkt in die Vergangenheit.

„Der Mörder lief hinaus. Mitten auf der Straße torkelte er davon, blutüberströmt, das Messer erhoben wie ein Schwert. Ich habe ihm nachgesehen. Er brüllte wie ein Stier. Die Leute verschwanden blitzschnell in den Hauseingängen und Geschäften. Ein paar Autos wichen aus und stießen zusammen. Er beachtete sie nicht. Er stürmte, das Messer nun voran, direkt gegen den Kühler eines Lastwagens, der nicht mehr bremsen konnte."

Eine Pause entstand.

„Unser Finger gehörte einer Frau", sagte der Chefinspektor.

„Ja, habe ich gehört. Die beiden sind beim Essen in Streit geraten. Einer hatte die knusprige Schwarte von seinem Bratenstück entfernt. Der andere meinte, die Schwarte sei das Beste daran. Das hat gereicht. Das und natürlich die vielen doppelten Schnäpse."

Falk zündete sich eine Zigarette an.

„Ich glaube", setzte der Tabaktürke fort, „ich will damit sagen, dass so eine Fingergeschichte auch eine unendlich banale Ursache haben kann. Aber das wissen Sie bestimmt selbst."

Der Chefinspektor nickte, schüttelte die Hand des Trafikanten und machte sich auf den Weg zum LKA.

21

Im Gang vor Oberst Prettners Büro hielten sich ungewöhnlich viele Beamte auf. Sie lasen angeschlagene Dienstzettel und Anweisungen, die sonst nie gelesen wurden, putzten sich die Nase, zupften an ihren Uniformen oder standen einfach nur da und hörten zu. Die meisten sahen sehr zufrieden aus, einige grinsten. Hinter der Tür des Obersts, dick gepolstert, aber für Naturereignisse nicht dick genug, tobte ein tropischer Wirbelsturm Marke Professor Norobosco. Der Inhalt seiner Tirade blieb weitgehend unverständlich. Der besonders hellhörige Inspektor Quendler notierte sich lediglich die Begriffe, die er am häufigsten aufschnappte. Falk linste über seinen Arm. Volltrottel hatte vier Häkchen, Lumpenpack drei, Drecksgesindel vier, Verbrecherbande zwei, Sie Arschloch eines.

Falk zog sich in sein eigenes Büro zurück und wartete. Seine Tür war nicht gepolstert. Noroboscos verbaler Amoklauf endete abrupt, die Neugierigen verschwanden blitzschnell an ihre Arbeitsstätten, eine Tür – die des Obersts – wurde lautstark aufgestoßen und mit der höchstmöglichen Wucht wieder zugeschlagen. Sekunden später stürmte der Professor in den Raum.

Sein unzähmbarer weißer Haarschopf, der schon in seinen besten Zeiten jegliche Altersweisheit oder gar Altersmilde schroff zurückwies, glich einem Warnsignal, das nichts Geringeres ankündigte als den Weltuntergang in einer richtig harten Version. Und nicht irgendwann, sondern jetzt gleich.

„Falk!", brüllte er. „Wissen Sie, was die Kacker von der Sozialversicherung von mir verlangen? Eine ganze Latte von Belegen für meine Behandlungskosten!"

„Unfassbar", murmelte der Chefinspektor.

„Und der Riesenknallkopf von Oberst" – selbst die Archivbeamtin im Keller konnte es nicht überhören – „stimmt ihnen noch zu!"

„Nicht möglich!"

Ein Wutschrei, eine Art Echo des Urknalls, drang aus der breiten Brust des Professors und meißelte sich unauslöschbar in die Betonwände des LKA. Dann herrschte Ruhe.

Norobosco räusperte sich und setzte in normalem Tonfall fort.

„Was ich Ihnen mitteilen wollte: die Untersuchung des Fingers wird noch Wochen dauern. Betrachten Sie meine Hinweise deshalb als inoffiziell."

Er blickte Falk streng an.

„Ist mir klar, Professor."

„Es handelt sich, wie bereits erwähnt, um den rechten Ringfinger einer Frau. Zum Zeitpunkt der Resektion dürfte sie 20-25 Jahre alt gewesen sein. Ich nenne es Resektion, weil es sich um einen sehr glatten Schnitt handelte."

„Wie lange ..."

„Lassen Sie mich doch zu Ende reden! Ich weiß selbst, dass Sie wissen wollen, wann das passierte. Das ist alles andere als leicht zu beantworten. Man kann eine Mumifizierung auf schnellem Weg erreichen. Vergleichbar damit, was uns die Fleischindustrie an Räucherspeck zumutet."

In den Klang seiner Stimme mischte sich frischer Groll.

„Sie meinen, der Finger wurde geselcht?"

„Nein", erwiderte der Professor. „Es besteht die Möglichkeit, aber ich glaube, die Mumifizierung erfolgte auf natürlichem Weg. Das fordert mehr Zeit und eine trockene Umgebung."

„Einen Trockenschrank, eine Wüste?"

„Käme beides in Betracht. Aber ziehen Sie keine voreiligen Schlüsse. Ich habe ein altes Bauernhaus im Mölltal renoviert, 1200 Meter Seehöhe. In den Hohlräumen einer Zwischendecke lagen ein halbes Dutzend mumifizierter Siebenschläfer, wenigstens doppelt so stark wie ein Menschenfinger."

„Nicht verfault oder verwest?"

„Einfach ausgetrocknet. Ich habe sie noch bei mir zu Hause. Wenn Sie einen haben wollen ..."

Der Chefinspektor machte eine abwehrende Geste.

„Mir wäre es eine Ehre", log er. „Aber meine Frau würde es
nicht dulden. Frauen fehlt für so etwas der Sinn."
„Selbst schuld", brummte Norobosco. „Als Junggeselle mache
ich, was ich will. Sollte sich jeder Mann gründlich überlegen.
Reden Sie mit Ihrer Frau. Sie ist doch eine vernünftige
Person, unterrichtet ja auch Mathematik, soviel ich weiß."
„Ja", sagte Falk vage. „Der Zeitpunkt der Resektion ist also
unbestimmt?"
„Niemand wird ihn genau bestimmen können, noch nicht
einmal ich. Doch ich schätze, dass er mehrere Jahre
zurückliegt."
„Fünf, fünfzig, fünfhundert?"
„Fünfhundert würde Ihnen passen, Sie Beamtenseele, dann
wäre ja alles verjährt. Den Gefallen tut Ihnen das Objekt
nicht. Fünf bis zehn Jahre, mehr nicht."
„Danke, Professor."
Norobosco wandte sich zur Tür und sagte, schon halb auf dem
Gang: „Fragen Sie Ihre Frau wegen des Siebenschläfers. Sie
können auch zwei oder drei haben, meine Bleibe platzt schon
aus allen Fugen, weil ich das Sammeln nicht lassen kann."
„Ich werde nicht darauf vergessen", rief Falk ihm nach.

22

Miami stieß die Tür auf.

„Hi Falk. Der Professor war gut drauf heute, wie? Quendler läuft durchs Haus und zeigt jedem seine Liste. Mich wundert, dass ‚Sie Arschloch' nur einmal vorkommt."

„Norobosco ist ein höflicher Mann."

„Das wird es sein. Hast du schon mit Prettner geredet?"

„Nein. Der Zeitpunkt ist nicht günstig. Ich schätze, er leidet."

„So wie es aussieht wird die Staatsanwaltschaft Anklage erheben, die Burschen werden gestehen und ihre Tat furchtbar bedauern, das gibt Milderungsgründe. Außerdem sind sie jung und unbescholten, also werden sie bedingte Strafen erhalten. Und der Hintermann wird nicht einmal erwähnt."

„Du bist überzeugt, dass es einen gibt?"

„Ja. Und ich glaube, es steckt etwas ganz Übles in dieser Geschichte, sonst würden diese Milchbubis doch nicht schweigen wie hartgesottene Gangster."

„Wir könnten durchsickern lassen, dass einer reden will."

Miami verwarf den Vorschlag mit einer Handbewegung.

„Das hab' ich in den Vernehmungen längst gemacht. Sie nehmen es mir nicht ab – schauen nur erstaunt drein, als ob sie kein Wässerchen trüben könnten."

„Wir lassen die Nachricht nach außen verbreiten. Ein Statement gegenüber einem Freund von der Presse – wie aus gut informierten Kreisen zu erfahren ist usw."

Der kleine Bulle betrachtete eingehend seine knochigen Finger mit den nicht besonders sauberen Fingernägeln.

„Ja", meinte er. „Eine Nebelkerze, die vielleicht eine Reaktion provoziert. Wir wissen nicht, wie die Reaktion aussehen wird. Man kann es probieren."

„Wo sind die Burschen?"

„In der Obhut ihrer Eltern. Die haben heilige Eide geleistet, dass sie ihre Brut keine Sekunde aus den Augen lassen, bis alles durchgestanden ist. Sie dürfen nicht einmal allein zur

Schule und wieder nach Hause gehen. Um die müssen wir uns zurzeit keine Sorgen machen."

Miami straffte seine knochigen Schultern und gab sich einen Ruck.

„Wenn wir nichts unternehmen, endet es wie vorhergesagt. Das passt mir überhaupt nicht."

Er blickte auf.

„Machen wir es. Willst du den Oberst einweihen?"

Der Chefinspektor winkte ab.

„Wir wollen ihn nicht zusätzlich belasten. Ich denke an Clemens Graf, bei dem habe ich etwas gut."

Miami erschauerte.

„Ausgerechnet Graf, der hässlichste Typ zwischen hier und Palermo. Na ja, wenn du meinst."

Falk betrachtete den Inspektor auf der Suche nach dem Balken in seinem Auge, der laut Matthäus 7,3 unbedingt vorhanden sein musste, ersparte sich aber jeden Kommentar.

„Ich übernehme ihn", versprach er nur.

23

Der Chefinspektor verabredete sich mit dem Journalisten zu einem Nachmittagsimbiss. Graf liebte Fastfood und man sah es ihm an. Er liebte allerdings auch alle Arten völlig unbezahlbarer Delikatessen und Getränke, weshalb es ratsam war, ihn zu den billigen Hamburgern zu locken.

Seine Frisur zählte zu den bekannteren Kunstwerken der Stadt. Weißblonde Fransen, steif wie Draht, ragten von seinem Kopf in alle Himmelsrichtungen. Dazu trug er einen schwarzen Dreitagebart. Viele Leute hielten ihn aufgrund dieser Optik für einen Freak, sie täuschten sich. Es gab kaum einen kühleren Rechner im Land. Er erreichte mit seiner Erscheinung, dass man ihn garantiert wiedererkannte – und sie lenkte die Menschen ab, wenn er wie ein ewig durstiger Schwamm Informationen aufsaugte.

Graf nickte dem Chefinspektor zu und begab sich direkt zur Theke. Nach einigen Minuten erschien er mit seinem Tablett, auf dem ein rundes Dutzend der bunten, eckigen Kartons lagen. Er riss sie auf und begann seine Mahlzeit. Falk hatte seine beiden geleert und sich geschworen, nie wieder so etwas zu essen. Er schwor es sich jedes Mal.

„Wir brauchen ein wenig Unterstützung. Du hast von den Burschen mit der Drogenterrasse gehört. Miami glaubt, dass mehr dahinter steckt. Wir wollen eine Information lancieren, die nicht viel Substanz hat, aber so formuliert ist, dass unser Unbekannter nervös wird."

„Miami", stöhnte der Journalist. „Diese Rauschgiftratte. Ihr Bullen müsst ja wirklich nicht hübsch oder charmant sein, aber irgendwo sollte auch der schlechte Geschmack Grenzen haben. Apropos …", er deutete auf die bescheidenen Verpackungsreste auf dem Tablett des Chefinspektors, „bist du von den zwei Krümeln wirklich satt?"

„Wenigstens für einen Monat", versicherte Falk.

„Bedauernswert. Hol' uns was zu trinken, dann schreibe ich mir auf, wie du unsere Leser diesmal manipulieren willst."

Gemeinsam verfassten sie einen kurzen Artikel, der jede konkrete Aussage sorgfältig vermied, Miamis Zielgruppe aber gewiss interessieren würde.

„Zielgruppe", merkte Graf an, „ist sogar in unserer Branche ein denkwürdiger Begriff für einen Unbekannten, der höchstwahrscheinlich nur in der Fantasie eines missgestalteten Drogenbullen existiert."

Dann fiel ihm ein, dass er soeben einen Termin beim Bürgermeister versäumte und brach auf. Seine Eile hinderte ihn nicht daran, noch mit einem ihm bekannten Ehepaar zu flirten, wobei nicht klar war, ob er sich für den Mann, die Frau oder beide interessierte.

Falk verließ das Lokal, schlenderte durch die Wiener Gasse über den Alten und den Neuen Platz, durch eine Stadt in der Maisonne. Eine Stadt, die ihm wie ein frisch geschlüpfter Schmetterling erschien, der die hässliche Puppe des nebeligen Winter-Klagenfurts endgültig abgestreift hatte. Nun hielt er ein wenig inne, ehe er in die neue Welt flatterte. Für eine Zigarettenlänge setzte Falk sich auf eine Bank und betrachtete die neue Welt des Schmetterlings. Er fühlte sich wie ein heiterer Tourist, nicht wie der Kripobeamte, der in jedem Gesicht über kurz oder lang die Spuren von Lüge, Heuchelei, Laster und Schlimmerem entdeckt. Ohne besonderen Grund, nur um das angenehme Frühlingsgefühl ein bisschen länger auszukosten, machte er den kurzen Umweg durch die Burggasse.

Beim Queren der Straße auf der Höhe des Fingerhauses warf er einen Blick durch das Fenster der Konditorei und gewahrte einen unverschämt zitronengelben Kopf auf seinem Sessel an seinem Tisch. Kurzentschlossen trat er ein.

„Darf ich mich setzen?"

Der Gelbe machte eine einladende Handbewegung.

„Ein Bier?", fragte Falk.

„Gern."

Die Kellnerin hatte mitgehört und servierte zwei Flaschen und Gläser. Sie schenkten sich ein und tranken.

„Ihr Boss hat mir erzählt, dass er Sie auch fest anstellen würde, Sie aber nicht wollten. Das ist ungewöhnlich."

Der Gelbe entblößte sein kraftvolles Gebiss mit den vereinzelten Zahnlücken.

„Ich bin halt ein fauler Hund, Chefinspektor."

„Das ist nicht ungewöhnlich", erwiderte Falk trocken. „Aber eine fixe Stelle heißt fixes Geld."

„Ich habe gelernt, mit wenig auszukommen."

„Wo lernt man das?"

„In Österreich nicht, meinen Sie. Stimmt. Ich komme aus dem Osten, Cottbus. War auch nicht so schlimm dort. Bin aber weit rumgekommen."

Der Arbeiter verstummte und trank bedächtig sein Bier. Erneut fiel dem Chefinspektor die selbstbewusste Ruhe auf, die der Mann ausstrahlte.

„Was haben Sie in Cottbus gemacht?"

„Ich bin dort nur zur Grundschule gegangen, danach übersiedelten wir in den Westen."

Falks Fragen störten ihn nicht. Er genoss seinen Feierabend, das Bier, die Spiegelungen der Abendsonne auf dem Glas und Chrom der Stadt und vielleicht sogar die Gesellschaft des neugierigen Bullen.

„Gestern sind Sie mir ausgewichen, als ich wissen wollte, was Sie von der Angelegenheit halten, also versuche ich es nochmals: Was halten Sie davon?"

Für eine Weile schwieg der andere, dann lächelte er.

„Es gibt zwei Möglichkeiten, Chefinspektor. Wenn ich von der Sache nichts weiß, geht es mir wie Ihnen. Ich müsste mir Erklärungen ausdenken, Theorien entwickeln und überprüfen. Das wäre lächerlich, denn Sie können das viel besser. Oder ich weiß etwas darüber. In dem Fall bin ich Beteiligter, woran auch immer. Dann muss ich alles vermeiden, was Sie auf diese Idee bringen könnte. Im Ergebnis läuft es auf das gleiche hinaus. Sie haben die Wahl."

„Was haben Sie im Westen gemacht, nach der Grundschule?"

„Zuerst das Abitur, dann bin ich auf Reisen gegangen."

„Und jetzt arbeiten Sie aushilfsweise in Kärnten am Bau."

„Ja. Dazwischen liegen meine Wanderjahre."

„Wo sind Sie gewandert?"

„Ach", sagte der Gelbe freundlich, „einfach in der Welt herumgezogen. Nichts was meldepflichtig wäre."

„Sie wollen es mir nicht erzählen?"

„Es besteht kein Anlass, Chefinspektor. Ich habe mich für nichts zu rechtfertigen."

„Haben Sie einen Pass?"

„Ohne Pass kommt ein Wanderer nicht weit. Er liegt in meinem Zimmer in Waidmannsdorf. Wenn Sie ihn gleich sehen wollen – ich breche in ein paar Minuten auf."

Falk winkte ab.

„Bringen Sie ihn morgen mit zur Arbeit. Sie arbeiten morgen doch noch hier?", fügte er spöttisch hinzu.

„Ist ein guter Job", antwortete der Gelbe.

„Noch ein Bier?"

„Ja. Das geht aber auf mich."

Sie verließen die Konditorei gemeinsam wie zwei Freunde, die auf dem Heimweg noch kurz auf einen Trunk eingekehrt sind.

24

An dem Abend sollte Falk vom Einkehren und vom Bier nicht mehr loskommen. Zum Fingerfall gab es im LKA nichts Neues, abgesehen davon, dass Slobos Vorstrafen nun auch amtlich vorlagen. Im Wesentlichen bestätigten sie die Aussagen des Bauunternehmers, der sich für den Arbeiter eingesetzt hatte. Der Chefinspektor kämpfte sich mit sinkender Konzentration durch einige Berichte, als Lacher den Kopf zur Tür herein steckte.

„Gehen wir auf ein Bier?"

„Zum Stüberl?"

„Von mir aus."

Das Stüberl befand sich in der Innenstadt, keine zehn Gehminuten vom LKA entfernt. Eines der letzten alten Wirtshäuser, das die wechselnden Trends der vergangenen Jahre überlebt hatte. Vielleicht drängten sich gerade deshalb tagtäglich die Gäste um die abgenutzten Holztische und die meterlange Theke, die im Lauf der Zeit fast schwarz geworden war.

Vor einigen Monaten hatten sie noch regelmäßig ein Feierabendbier geleert, doch mittlerweile betrieb Lacher beinahe jede Nacht die Jagd nach schnellem Sex mit neuen Frauen. Mit jungen Dingern, die sich einen älteren Freund und Zahler wünschten, Karrierefrauen, die keine Zeit mit festen Beziehungen verschwendeten, verheirateten Frauen, die über die Stränge schlugen, weil ihre Partner auf der TV-Couch vergammelten, gelegentlich mit einer Hure, die ihrerseits auf Fürsprache in den Notfällen ihres Berufs hoffte.

Sie ergatterten einen Platz an der Schmalseite der Theke, an der in Trauben Männerrunden hingen, die mit Scherzen, Lachen und wenig ernst gemeinten Streitgesprächen einen Höllenlärm produzierten. Sie bestellten, tranken und fühlten sich seltsam gehemmt, weil ihnen die selbstverständliche Leichtigkeit abhanden gekommen war. Der Chefinspektor spürte, dass sein langjähriger Kollege und Freund ein

Gespräch suchte, das er, Falk, eigentlich nicht führen wollte. Schließlich kapitulierte er.

„Mit deiner Ehe läuft's nicht gut?", stellte er mehr fest als dass er fragte.

Lacher hatte auf das Stichwort gewartet und schnitt eine Grimasse.

„Kann man sagen. Ich betrüge Maja mit allem, was annähernd blond ist, und sie ... sie ignoriert mich."

„Revanchiert sie sich?"

„Nicht, dass ich wüsste. Vielleicht wäre es dann einfacher."

„Warum trennt ihr euch nicht?"

Sein Kollege drehte das Glas im Kreis und starrte in die helle Flüssigkeit.

„Keine Ahnung. Vielleicht lieben wir uns noch. Sie hat immer gesagt, ich sei der einzige Mann, den sie je geliebt hat. Dabei hat sie nie ein Hehl daraus gemacht, dass sie in jungen Jahren mit jedem geschlafen hat, der in ihre Nähe kam. Aus reiner Neugier. Sie wollte wissen, wodurch sich die Typen unterschieden. Wenn sie es wusste, angelte sie sich den nächsten. Manche hat sie zur Verzweiflung gebracht. Sie warfen ihr vor, sie verhalte sich so rücksichtslos wie ein Mann. Das ist komisch, oder? Jedenfalls hat sie dann mich kennengelernt und wollte von den anderen nichts mehr wissen und jetzt tue ich alles, um uns beide unglücklich zu machen."

Eine Weile drehten sie ihre Gläser in den Händen und schwiegen.

„Was ist mit Niko?"

„Der lebt in den Tag und wechselt seine Studienrichtungen öfter als die Hemden. Wahrscheinlich waren wir zu jung für ein Kind, oder zu verliebt. Aber andere schaffen es ja auch."

Das mit den Kindern hatten Falk und Monika tatsächlich ganz gut geschafft. Und sonst? Der Chefinspektor wagte nur noch selten einen Blick auf seine innere Landschaft, die ihm seit jeher viel Unerwartetes über seine Verfassung verriet. Zuletzt hatte Wüste vorgeherrscht und ein großer, dunkler, grenzenlos tiefer See, den zumindest ein großer Fisch bewohnte. Mehr wusste er darüber nicht.

„Warum hüpfst du von einer zur anderen?"

Lachers Augen wurden dunkler.

„Ein Psychoheini könnte es bestimmt erklären. Ich schätze, ich will mich ausleben, solange es geht. Oder noch schlimmer: ich will mich schuldig fühlen. Dann bin ich der größte Maso in der Stadt. Wahrscheinlich liegt es an der verkorksten Jugend. Erziehung im Stift, dem Beichtstuhl hörig …"

Falk lachte auf.

„Das muss dich viel Zeit kosten. Beichtest du wirklich noch?"

Die Schultern seines Freundes sanken nach unten.

„Verdammt, ja! Das ist auch so was Zwanghaftes."

Halb wütend, halb vergnügt blinzelte er Falk an.

„Du wirst es mir bestimmt deuten. Dreh' ich mich im Kreis? In einem Teufelskreis?"

„Nicht mein Metier", entgegnete Falk. „Du bist der Gläubige."

Er trank sein Bier aus.

„Noch eines?"

„Hier gibt's nur Männer", sagte Lacher. „Gehen wir woanders hin."

Sie wanderten von einem Lokal zum nächsten, Lacher als Jäger, Falk als Beobachter. Es war zu spät, um noch auf die Uhr zu sehen, als er endlich sehr beherrscht und sehr auf jede einzelne Bewegung bedacht aus dem Taxi stieg und sich ohne weitere Umwege ins Bett begab.

25___

Ein Mann ging durch die nächtliche Bahnhofstraße. Vor
jedem zweiten oder dritten Alleebaum blieb er stehen und
drückte seine Stirn gegen die alte, rissige Rinde. Manchmal
stand er über eine Minute so vorgebeugt, dann löste er sich
von dem Baum und ging weiter. Bei den Querstraßen sah er
weder nach rechts noch links. Ein Kleinwagen musste heftig
bremsen, um ihn nicht niederzufahren. Die Fahrerin hupte ihm
wütend nach, er drehte nicht einmal den Kopf. Hinter dem
Amt der Landesregierung schwenkte er in Richtung Dom. Auf
dem leeren Domplatz verharrte er eine Weile regungslos.
Dann begann er zu hüpfen. Er hüpfte in die kreuzförmig
angeordneten Quadrate eines Musters, das nur er auf dem
Boden sah. Beidbeinig zunächst, dann auf dem rechten Bein,
anschließend auf dem linken. Es strengte ihn sehr an. Nach
einer Pause, in der er vornüber gebeugt nach Luft schnappte,
richtete er sich auf und setzte seinen Weg durch die Nacht
fort. In der Burggasse erreichte er die Hofeinfahrt des
Fingerhauses, betrat sie und löste die automatische
Beleuchtung aus. Er ging ungerührt weiter bis zum Gittertor,
das er nur angelehnt vorfand. Nach 20 Sekunden schaltete
sich die Lampe wieder aus. Irgendwo wurde ein Fenster
geöffnet. Wenn man sehr genau horchte, vernahm man leise
Schritte auf dem Gerüst. Einmal flammte das Licht noch auf,
dann kehrte wieder Ruhe ein.
Der Mann irrte noch eine ganze Stunde durch die Stadt, bis er
das Haus fand, zu dem sein Schlüssel passte. Anschließend
vergaß er alles.

26

Am Morgen litt Falk schweigend. 15 Minuten unter der
Dusche halfen ein wenig, doch das Frühstück verspeiste Sam
und die erste Zigarette warf er angeekelt weg. Er verzichtete
auf den Bus und ging zu Fuß.
Die Arbeiter hatten sich mittlerweile an seinen Anblick
gewöhnt, wenn er ihnen auf der Treppe und in den Gängen
begegnete. Sie betrachteten ihn mit freundlichem Interesse
und nickten ihm zu. Er traf einige von ihnen, denn
ununterbrochen mussten sie etwas aus dem Hof holen oder
hinuntertragen. Vielleicht, dachte er, gab es auch hier
Abläufe, die man vereinfachen könnte, nur fehlten die klugen
Köpfe im Hintergrund, die jahrein, jahraus darüber
nachdachten. Jedenfalls fehlten die eng bedruckten
Fragebögen, mit denen sich jedem Übel auf den Leib rücken
ließ.
Später sollte er sich darüber wundern, wie ruhig und normal
ihm alles erschienen war. Ein Mittwochmorgen im Mai,
Renovierungsalltag im Fingerhaus. Kein sechster Sinn, keine
geheimnisvolle Eingebung warnten ihn, als er die Stufen nach
oben stieg.
Diesmal öffnete sich die Tür im vierten Stock. Eine junge
Frau, es musste die Enkelin mit dem altmodischen Namen
Rosalinde sein, bat ihn hinein. Sie war mollig und sehr
hübsch. Ihre weißen Zähne blitzten mit den Augen um die
Wette, eine schwarz schimmernde Pagenfrisur umrahmte ein
fein geformtes, aber vor Energie leuchtendes Gesicht, der
Mund schimmerte voll und sinnlich. Keine Frage, dass die
Studenten nebenan alles Erdenkliche unternahmen, um sie bei
der Pflege der gebrechlichen Großmutter zu unterstützen. Sie
führte Falk an einer halb offen stehenden Tür vorbei, durch
die er den Kopfteil eines Bettes und den mit dünnen, weißen
Strähnen schütter bedeckten Kopf einer Greisin sah.
„Oma schläft", flüsterte sie. „Sie ist nur noch müde, sehr
müde."

Gleich darauf saß er, wie schon oft in diesem Haus, an einem Tisch und lehnte all ihre Einladungen zu Kaffee, Tee, Himbeersaft und Marillennektar ab. Sie hätte ihm auch gern eine Kleinigkeit zu essen aufgetischt, wenigstens ein paar Kekse.

„Danke. Vielen Dank, wirklich nicht."

Der Kater pochte erneut in seinem Kopf und sehnte sich nach einem eiskalten Bier. Der moralisch zerrüttete Mann in ihm – er hoffte, es lag am Kater – sehnte sich ganz abstrakt nach einem Kuss dieser unglaublich sinnlichen Lippen. Der Beamte in ihm als dritter apokalyptischer Reiter seines gespaltenen Zustandes fragte indessen: „Sie haben von dem abgetrennten Finger gehört?"

„Ja", erwiderte sie schlicht. „Es ist kaum vorstellbar. Zuerst dachte ich an einen dummen Streich."

„Da sind Sie nicht die erste."

„Na ja", meinte sie, „Ihnen kann ich es erzählen. Unsere Nachbarn, Sie waren schon bei ihnen, die widmen mir viel Aufmerksamkeit. Sie verstehen?"

Sie lächelte ihn an. Er verstand.

„Und zuerst dachte ich eben, sie ziehen eine Geschichte auf, bei der ich mich zu Tode erschrecke und in ihre starken Arme sinke. Aber das stimmt nicht."

„Wieso?"

„Weil sie viel lieber in meine starken Arme gesunken wären – und zwar ganz ohne Hintergedanken. Ich habe eine Zeitlang in der Erstaufnahme gearbeitet. Mich wirft ein Finger nicht um. Ich habe abgetrennte Arme und Beine getragen. Ich pflege eine sterbende Frau."

„Zunächst haben Sie ihnen den Streich zugetraut?"

„Bis ich sie bibbern gesehen habe. Die studieren Pädagogik, Psychologie, Betriebswirtschaft …"

Sie verzog ihr Gesicht zu einer lustigen Grimasse. Er lächelte.

„Sie haben bei Ihnen keine Chance?"

Ihre Sternschnuppenaugen funkelten ihn vergnügt an. Er fühlte sich beinahe wieder im Lot.

„Die Männer, Herr Chefinspektor – Chefinspektor stimmt doch, oder? – die Männer sind so romantisch naiv. Die jungen Männer", fügte sie rasch hinzu und legte ihre Hand für einen Augenblick auf seinen Arm. „Sie glauben ganz ernsthaft, eine Frau müsse zerschmelzen wie ein Stückchen Schokolade, wenn sie nur ausgiebig genug angeschmachtet wird."
Sie lachte auf.
„Keiner begreift, dass ich dann gleich mehrmals am Tag zerschmelzen müsste. Und wohin das führen würde, gefiele ihnen auch nicht, ich soll ja immer nur für einen schmelzen."
In ihrer Handtasche, die mit offenem Reißverschluss auf einem Stuhl hing, glaubte er eine Zigarettenpackung zu erkennen.
„Rauchen Sie?", fragte er.
„Nur auf dem Balkon. Wollen wir?"
Sie begaben sich auf einen winzigen, zum Hof gelegenen Balkon, der von dem Baugerüst umrahmt und noch verengt wurde. So standen sie sehr nahe beieinander, rauchten und blickten in den Hof, in dem sich Werkzeugkisten, Baumaterialien und Mülltonnen drängelten.
„Wurde die Frau ermordet?"
„Das wissen wir nicht. Mich beschäftigt noch eine andere Frage."
„Ja. Was es zu bedeuten hat, dass ihr Finger hier gefunden wurde."
Sie würde auch für ihn nicht schmelzen, das wusste er.
Vielleicht schmolz sie nur für Typen, denen im Grunde nicht viel daran lag. Irgendeine dubiose Rückkoppelung, das kommt vor.
„Wie geht es Ihrer Oma?"
„Vor drei Jahren ging es ihr noch gut. Da wäre sie gerne gestorben. Das hat sie versäumt."
Sie lächelten sich an, verständnisvoll, vielschichtig, unbestimmt. Er fand eine Visitenkarte in den Tiefen seiner Jacke und vertraute auf die Kraft seines Amtes, um der Lächerlichkeit zu entgehen.

„Sie verstehen, was mich beunruhigt. Wenn Ihnen etwas auffällt …"

27

Rosalinde brachte ihn zur Tür. Auf dem Gang traf er Slobo, der im Vorübergehen freundlich grinsend auf den Boden, zur Decke und durchs Fenster blickte.

Der Chefinspektor überquerte die Straße, magisch angezogen von der Konditorei. Halb erwartet, halb ersehnt, schlug ihm beim Öffnen der Eingangstür der Duft des Gebäcks entgegen. Sein Platz war frei und die Kellnerin begrüßte ihn wie einen Stammgast. Er wählte eine Topfengolatsche zu einem Großen Braunen und nahm sich vor, einmal mit Monika hier zu frühstücken.

Durch das Fenster sah er, dass die Arbeiter ebenfalls Pause machten. Sie saßen auf dem Gerüst, aßen und tranken aus bunten Flaschen. Nebenbei unterhielten sie sich. Die Unterhaltung wurde immer angeregter und Falk beobachtete, wie sie ihre Börsen aus den Hosentaschen fischten und dem Polier Geld in die Hand drückten. Der Gelbe und Slobo sonderten sich von den anderen ab und nahmen an der Schmalseite des Gerüsts Aufstellung, Slobo an der Hausseite, der Gelbe an der Straßenseite. Sie blickten zu Jimmy, der seine Hand erhoben hatte. Als er sie fallenließ, begannen die beiden um die Wette zu klettern. Slobo turnte wie ein kleiner Affe die Stangen und Bretter hoch. Noch erstaunlicher benahm sich aber der Gelbe. Er hantelte sich an der Eckstange nach oben, ohne die Füße zu Hilfe zu nehmen, die frei in der Luft baumelten. Und er machte das in einem fantastischen Tempo. Falk hörte die Anfeuerungsrufe der Arbeiter durch die dicke Scheibe und sah gebannt zu, wie der Gelbe das Rennen allein mit seinen Händen für sich entschied. Mit einem guten Meter Vorsprung schwang er sich im vierten Stock auf die oberste Bretterlage und winkte nach unten. Der geschlagene Slobo stand mit weit offenem Mund neben ihm und schüttelte fassungslos den Kopf. Der Gelbe klopfte ihm aufmunternd auf den Rücken. Dann verschwanden beide im geöffneten Dach.

Falk zahlte, überquerte die Straße und stieg wieder bis in den mittlerweile ausgeräumten Dachboden hinauf. Wieder warnte ihn nichts – kein geheimnisvolles Zeichen, keine atmosphärische Schwingung. Noch drang der Geruch des Schreckens nicht bis ins Stiegenhaus.

Der Gelbe saß auf einer leeren Bierkiste und blinzelte in den blauen Himmel. Slobo hockte daneben und spielte mit seinem Handy.

„Waren Sie beim Zirkus?", fragte Falk.

Ohne das Gesicht zu wenden, erwiderte der Arbeiter knapp: „Nein."

„Jedenfalls sehr beeindruckend. Haben Sie an den Pass gedacht?"

Nun drehte sich der Gelbe zu ihm und zog das Dokument aus der Hosentasche. Der Chefinspektor blätterte darin.

„Kein einziger Eintrag."

„Meinen alten habe ich verloren."

Falk notierte sich Passnummer, Ausstellungsort und Behörde.

„Wenn Sie erlauben?", fragte der Gelbe höflich und streckte die Hand aus. „Die Pause ist vorüber."

Er erhielt den Pass zurück und steckte ihn ein.

„Komm, Slobo."

Die beiden schwangen sich aufs Gerüst und verschwanden.

Falk wählte den vertrauten Weg durch das Stiegenhaus.

28

Kurz vor 12 Uhr Mittag saß er in seinem Büro und verteilte
die Namen aller Personen, die mit dem Fingerfall irgendwie
zu tun hatten, willkürlich auf einem großen Skizzenblock. Er
folgte dabei keinem System, suchte nach keiner Struktur. Da
und dort kritzelte er naive Zeichnungen zu den Namen. Zwei
gekreuzte Säbel bei der alten Schauspielerin, ein paar Blumen
bei den Paiers, ein Zirkuszelt beim Gelben ...
Es bedeutete nichts. Sein Blick streifte von einem Namen zum
anderen und die dazugehörigen Gesichter tauchten vor ihm
auf, veränderten sich, sprachen mit ihm. Wie viele Lügen und
halbe Wahrheiten hatte man ihm aufgetischt? Niemand erzählt
einem Bullen die ganze Wahrheit – doch das, was man
ausgelassen hatte, musste in keinem Zusammenhang mit dem
Finger stehen.
Wenn nicht bald ein konkreter Hinweis auftauchte, hing alles
von der kompletten DNA-Analyse ab und von der Hoffnung,
damit in irgendeiner Datenbank einen Treffer zu landen.
Solche Analysen ließen Wochen, manchmal Monate auf sich
warten. Manchmal erwiesen sie sich auch als nicht
durchführbar.
Lacher trat ein. Seine geröteten Augen überflogen Falks
Gekritzel, es entlockte ihm ein bayrisch-charmantes: „Spinnst
wieder?", das er von einer Schulung mitgebracht hatte.
Der Chefinspektor ging nicht darauf ein.
„Etwas Neues von den Söhnen des Hausbesitzers?"
„Das Außenministerium hat bestätigt, dass einer davon in
Kolumbien eine mehrjährige Haftstrafe absitzt. Jemand vom
dortigen Konsulat besucht ihn von Zeit zu Zeit und stattet ihn
mit Geld und Zigaretten aus, damit er sich ein bisschen Schutz
kaufen kann – und um nachzusehen, ob er noch lebt", fügte er
trocken hinzu.
Inspektor Prüller stieß rechtzeitig die Bürotür auf, um den
letzten Satz mitzubekommen.

„Dort spüren sie wenigstens, wenn sie eingesperrt werden",
kommentierte er mit unverhohlener Befriedigung.
Falk sah ihn an und hoffte, dass Prüller verstehen möge, was
er – politisch inkorrekt – mit seinem Blick auszudrücken
versuchte, nämlich: „Warum wanderst du nicht endlich aus?"
Prüller verstand natürlich nicht und der Chefinspektor fragte:
„Was haben Sie herausbekommen?"
„Die Angaben von Bönisch stimmen. Er stammt aus
Wiesbaden, hat dort schon in der Reisebranche gearbeitet und
sich selbständig gemacht. Vor fünf Jahren ist er nach
Klagenfurt übersiedelt."
Er blickte auf seinen Zettel.
„Dieses Säbelduell hat 1953 stattgefunden. Auf der Wiese
neben dem oberen Teich. Ein Leicht- und ein
Schwerverletzter. Von einem verlorenen Finger ist nicht die
Rede."
„Unser Finger ist weiblich!", brummte Lacher unwillig.
„War's das?", wollte Falk wissen.
„Ja", erwiderte Prüller. „Ich tippe immer noch auf einen
harmlosen Streich."
Damit verließ er das Büro. Lacher blickte ihm nach.
„Vielleicht hat er einmal in 100 Jahren recht."
„Nein. An dem Finger ist nichts harmlos."
Unzählige Male war er mit Monika und den Kindern am
oberen Teich spazieren gegangen, ohne etwas von dem Duell
zu ahnen. Die Kinder hätte er stundenlang mit der Geschichte
unterhalten können, blutrünstig wie die kleinen Monster
waren. Er kehrte mit einiger Mühe in die Gegenwart zurück.
„Biedermanns zweiter Sohn ist den Wiener Kollegen seit
langem bekannt. Er ist ein Einzelgänger, will mit keinem
etwas zu tun haben. Wer ihm zu nahe kommt, Sandler oder
Sozialarbeiter, den beißt er weg. So zieht er von einem
Standplatz zum anderen, immer darauf bedacht, seine
nüchternen Phasen so kurz wie möglich zu halten. Es würde
nicht auffallen, wenn er für ein paar Tage verschwindet.
Jedenfalls nicht den Kollegen."

„Ob er noch zu einer durchdachten Aktion in der Lage ist? Ich meine, unauffällig einen Finger zu verstecken? Er müsste damit rechnen, erkannt zu werden – und woher sollte er wissen, dass das Haus vor der Renovierung steht?"

„Die Mutter scheint Kontakt mit ihm zu halten."

„Was würde es ihm bringen?"

„Rache am Vater?", schlug Lacher vor.

„Uns fehlt einfach die Verbindung", befand Falk. „Aber erkundige dich trotzdem bei der Mutter nach ihm. Der Trafikant meint, er habe ihn vor einigen Tagen am Bahnhof gesehen. Außerdem hat sie jahrelang in dem Haus gelebt."

Das Telefon auf seinem Schreibtisch klingelte in der leicht hysterischen Tonfolge, die einen internen Anruf anzeigte. Er hob den Hörer ab.

„Ein Notruf, Chefinspektor. Zwei Tote in einer Wohnung in der Burggasse."

Falk aktivierte den Lautsprecher.

„Im Fingerhaus?"

Mittlerweile wusste jeder Klagenfurter Bulle, was damit gemeint war.

„Zweites Stockwerk. Die Haushälterin der Paiers hat Alarm geschlagen. Wörtlich: ,Sie sind tot, überall ist Blut.'"

„Schicken Sie die Spurensicherung los und verständigen Sie den Polizeiarzt und die Staatsanwaltschaft."

Lacher starrte den Lautsprecher an.

„Hast doch recht gehabt", bemerkte er.

„Organisiere mir ein Auto. Ich fahre mit Schilling voraus. Sie kennt sich dort schon aus. Warte auf meinen Anruf."

Er holte die Inspektorin aus ihrem Büro, sie liefen in den Hof und sprangen in einen Wagen mit Fahrer und Beifahrer.

„Diesmal schnell", forderte Falk.

Mit Blaulicht, Sirene und quietschenden Reifen pflügte sich der Mondeo durch den Mittagsverkehr.

Die Wohnungstür der Paiers stand offen. Auf dem Gang saß eine kreidebleiche Frau, die das Handy, mit dem sie den Notruf abgeschickt hatte, noch auf dem Schoß hielt. Sie

zitterte heftig, aus ihrem Mund drangen leise Jammerlaute, als
ob sie an starken Schmerzen litt. Neben ihr stand Bönisch, ein
Glas mit goldgelber Flüssigkeit in der Hand, das er der Frau
an die Lippen hielt. Auch er wirkte bleich, als er sich
aufrichtete und den Beamten entgegensah.
Falk nickte ihm zu.
„Waren Sie in der Wohnung?"
„Frau Schreiner – sie putzt hier – klingelte mich heraus,
nachdem sie die Polizei verständigt hatte. Ich warf nur einen
Blick hinein, um zu sehen, ob Hilfe möglich ist, aber … Sie
werden sich selbst ein Bild machen, es ist …" Er fand nicht
gleich ein passendes Wort. „Grauenhaft. Frau Schreiner hat
einen schweren Schock abbekommen, wahrscheinlich braucht
sie einen Arzt."
Bönisch' Frau stand weiter hinten im Gang und beobachtete
von dort die Ereignisse. Auch die Arbeiter versammelten sich,
aufgeschreckt durch das Einsatzfahrzeug. Die Uniformierten
wussten nicht, was sie mit ihnen anfangen sollten, stellten sich
aber so, dass niemand von der Treppe zur Paier-Wohnung
vordringen konnte.
Der Chefinspektor und Schilling zogen Schuhschutz und
Handschuhe an. Sie gingen durch das Vorzimmer in den
großen Wohnraum. Die alte Dame lag halb auf dem
Chintzsofa, ihr Schädel zerschmettert, beinahe gespalten, das
zierliche Gesicht und die Vorderseite des Kleids
blutüberströmt.
„Mein Gott!", flüsterte Inspektorin Schilling.
Das Lichtenstein-Gemälde war – wie man jetzt sah – mit
Gleitschienen an der Wand befestigt. Jemand hatte die
plakative Blondine zur Seite geschoben. Dahinter verbarg sich
ein Wandsafe, dessen Tür offenstand. In dem Raum zwischen
Sofa und Safe lag Franz Paier, halb zur Seite gedreht. Sein
scharfes Profil bildete einen harten Kontrast zur Blutlache, die
seinen Kopf umgab. Seine Wunde ähnelte der seiner Frau. Ein
Schleier feiner Blutspritzer überzog das comicartig
verfremdete Portrait des Mädchens über ihm. Das

Tatwerkzeug lehnte an der Wand, direkt unter dem Bild. Ein schweres, etwa einen Meter langes Brecheisen, an dem Blut, Haare, Gewebe, Knochensplitter und Gehirnmasse hafteten. Falk versuchte, sich einen Mörder vorzustellen, der nach diesen Berserkerhieben die Ruhe aufbrachte, das Eisen sorgsam an die Wand zu lehnen. Dieses Detail erschien ihm bedeutsam. Ein Hinweis auf die Persönlichkeit des Täters. Kaltblütig auch in dieser Extremsituation.

Ein ausgeprägter Geruch hing in der Luft. Blut, der Rauch vom Vortag und ein Aroma, das er nicht einzuordnen vermochte.

„Sie hält etwas in der Hand", sagte Schilling.

Frau Paiers Anblick erfüllte ihn mit Zorn. Mordopfer sind nie schön anzusehen, aber diese maßlose Gewalt gegen eine so zarte Person erschien ihm noch perverser als mörderische Gewalt ganz allgemein. Er bückte sich und zog eine kleine Pfeife unter ihrer Hand hervor. Eine bunt bemalte Tonpfeife. Er schnupperte am Kopf und erkannte nun den Geruch, der ihm schon vorhin aufgefallen war.

„Das ist kein Tabak. Rufen Sie Miami."

Schillings Augen weiteten sich vor Überraschung.

„Drogen? Hier?"

„Sie sind bei der Kunst geblieben, mit der sie erwachsen wurden, bei den Bildern, der Musik – wieso nicht auch bei dem, was sie damals geraucht haben?"

„Aber – in dem Alter?"

Für einige Momente fühlte Falk sich seltsam berührt. Er blickte in Schillings mandelförmige Augen.

„Alles relativ. Auf mich wirkten sie bemerkenswert jung. Ich habe sie darum beneidet, um ehrlich zu sein."

Vorsichtig ging er zum Safe. Ganz vorne lag eine Pistole. Er nahm sie in die Hand und prüfte sie.

„Durchgeladen und entsichert. Ziemlich riskant. Nicht einmal das hat ihnen geholfen."

Er sicherte die Waffe, ehe er sie zurücklegte. Im Safe fand er Dokumentenmappen, zwei mit der Aufschrift ‚Patente',

Bankunterlagen und eine Sammlung kleiner Papiertüten in einer emaillierten Schale. Eine öffnete er. Das Aroma aus dem Pfeifenkopf stieg ihm in die Nase. Die Paiers waren gut mit Stoff versorgt gewesen. Neben der Schale stand eine offene Geldlade, wie sie in Registrierkassen verwendet wird. Das Abteil für die Münzen war gefüllt, auch etliche 5- und 10-Euro-Scheine lagen griffbereit. Die größeren Mulden waren leer.

Der Aschenbecher auf dem Couchtisch mit den Bronzelöwen enthielt Aschehäufchen und einige Kippen. Zwei der hohen Gin-Tonic-Gläser standen daneben. Überall Blutspritzer. Falk ging durch eine offene Tür und fand sich im Schlafzimmer des Paars. Ein niedriges Doppelbett stand an der Schmalseite des Raums, flankiert von zwei hohen Spiegeln mit vergoldeten Rahmen. Zwei Fenster öffneten sich zum Innenhof, ein Flügel war nur angelehnt. Falk drückte ihn nach außen und steckte seinen Kopf hinaus. Die Laufbretter des Gerüsts befanden sich einen knappen Meter unter der Brüstung.

Mörtls Stimme drang durch Vorraum, Toten- und Schlafzimmer: „Chefinspektor?"

Er wandte sich um und rief: „Kümmern Sie sich zuerst um den Tresor. Und um den Aschenbecher."

Die Steuerung der Alarmanlage befand sich hinter der Theke. Sie wirkte höchst kompliziert, doch die Funktion eines roten Kippschalters war nicht misszuverstehen. Oben ein, unten aus. Der Hebel zeigte nach unten.

Der Professor und der Arzt trafen gleichzeitig ein. Falk wartete, bis der Mediziner seine erste Untersuchung beendete. „Wann ist es passiert?"

Der Doktor zog seine Uhr zu Rat.

„Von der Temperatur ausgehend zwischen Mitternacht und zwei. Ich tippe auf die frühere Stunde. Sie ist stärker abgekühlt, aber das liegt daran, dass sie so zart ist."

Viermal war Falk an diesem Tag wenige Meter entfernt durch das Stiegenhaus gegangen, auf der Suche nach einem Hinweis auf den mumifizierten Finger. Nun lagen hier zwei Menschen in ihrem Blut, die es verstanden hatten, ihn binnen weniger Minuten für sich einzunehmen. Hätte er etwas für sie tun können?

Bönisch stand noch immer neben der Putzfrau. Der Weinbrand hatte wieder etwas Farbe in ihr Gesicht gebracht.

„Sie stehen unter Schock", begann Falk betont ruhig. „Darf ich Ihnen trotzdem zwei oder drei Fragen stellen? Es ist sehr wichtig."

Sie nickte.

„Sie haben die Tür mit Ihrem Schlüssel geöffnet. Ist das richtig?"

„Ja. Die Herrschaften schlafen häufig länger. Deshalb fange ich immer erst um halb eins an. Die Alarmanlage ist so programmiert, dass ich ab zwölf hinein kann."

„Früher geht es auch mit einem Schlüssel nicht?"

„Nicht mit meinem."

„Haben Sie an der Anlage etwas verändert?"

„Ich habe nichts angegriffen."

„Haben Sie ein Fenster geöffnet?"

Sie schüttelte entsetzt den Kopf.

„Da hätte ich durch die Wohnung gehen müssen. Ich habe Frau Paier nach ein paar Schritten gesehen, dann ihn ... Ich bin hinaus, um zu telefonieren."

„Ich danke Ihnen. Es ist ein Arzt hier, soll er ..."

„Nein, es geht schon wieder. Herr Bönisch ist sehr hilfsbereit."

Der Deutsche lächelte matt. Chefinspektor Falk wandte sich ihm zu.

„Haben Sie in der Nacht etwas gehört, zwischen 0 und 2 Uhr?"

„Nichts."

„Waren Sie überhaupt hier? Zu der Zeit laufen Sie doch gerne?"

„Nicht seit diesem Zwischenfall mit dem Schläger. Er hat mich nicht eingeschüchtert", fügte er rasch hinzu, „aber mein

Kiefer ist noch empfindlich gegen Erschütterungen. Der
Doktor meint, ich solle ein paar Tage aufs Joggen verzichten.
Mein Gott! Wenn ich wie gewöhnlich aufgebrochen wäre,
hätte ich vielleicht etwas von der grässlichen Geschichte
mitbekommen …"
„Grenzen Ihre Wohnungen nicht direkt aneinander?"
„Doch. Aber die Mauern sind dick und Franz Paier hat sie
schon vor Jahren auf eigene Kosten zusätzlich isoliert. Sie
spielten gern laute Musik, wann immer es ihnen passte."
„Wie eng war Ihr Kontakt?"
Bönisch nahm seine Brille ab und fuhr sich mit der Hand über
Stirn und Augen.
„Wir haben uns geschätzt. Ich habe sie jedenfalls sehr
geschätzt. Wunderbare Leute. Gescheit, weltoffen,
unkonventionell, voller Lebensfreude – ein bemerkenswertes
Paar."
„Besuchten Sie sich?"
„Besuchen ist übertrieben. Meine Frau ist sehr zurückhaltend.
Dass sich Magda in ihrem Alter die Haare bunt färbte und mit
den Studenten schäkerte, geht über ihren Horizont. Mich
luden sie hin und wieder auf einen Drink ein. Ich habe bei
ihnen auch die besten Weine meines Lebens gekostet, Franz
war auf vielen Gebieten hochbegabt."
„Wussten Sie, dass sie Haschisch rauchten?"
Bönisch fiel aus allen Wolken.
„Das ist nicht Ihr Ernst, oder?"
Er überlegte kurz.
„Mir ist es nie aufgefallen, aber eigentlich passt es zu ihnen."
Der Chefinspektor kehrte in die Wohnung zurück und rief
Lacher an.
„Nimm drei oder vier Leute mit und komm her. Ihr müsst die
Hausparteien befragen, die Arbeiter, die Geschäftsleute aus
der Nachbarschaft – Schilling wird euch einweisen."
Der Staatsanwalt, ein neuer, den er nur flüchtig kannte, war in
Begleitung einer jungen Praktikantin gekommen, die sich
nach einem Blick auf den Tatort in eine Ecke gehockt hatte

und immer noch die Hände vors Gesicht hielt. Vielleicht ihr erster Einsatz bei einem Mord. Er hätte sie nicht gerade hierher mitnehmen müssen. Falk registrierte mit einer gewissen Befriedigung, dass auch der hervorstehende Adamsapfel des Staatsanwalts auffällig oft auf und ab hüpfte. Er stand felsenfest mit dem Rücken zum Blutbad und beendete die Unterredung rasch.

„Sie informieren mich, Chefinspektor."

„Sowie ich Neuigkeiten habe."

Der Ankläger nickte, beugte sich zur Praktikantin und zog sie hoch. Er führte sie am Ellbogen hinaus. Beide bewegten sich vorsichtig, als ob sie sehr zerbrechlich wären. Sie lebten in einer Stadt, in der Behördenvertreter nicht so abgebrüht waren wie anderswo.

Falk bahnte sich seinen Weg durch die Arbeiter und einige Neugierige von der Straße und ging durch die Einfahrt in den Hof. Üblicherweise sperrte ein Gittertor unerwünschte Besucher aus, im Zug der Bauarbeiten stand es gewiss den ganzen Tag über offen. Die Sammelbehälter für Restmüll, Papier und Kunststoff drängten sich in einem Eck, den Großteil der bescheidenen Fläche beanspruchte jetzt die Baustelle: eine große Werkzeugkiste aus Kunststoff, mehrere Paletten mit Dämmplatten und Klebern, eine graue Mischmaschine als Veteran unzähliger harter Einsätze. In einem Rondeau stand ein kleiner, alter Apfelbaum, der mit jungen Blättern und weißen Blüten gelassen seiner tristen Umgebung trotzte. Falk öffnete die Abfalltonnen. Der Restmüll quoll fast über, die Papiertonne war halb leer, sie mochte einem Menschen untertags als einziges Versteck im Hof dienen, aber mit welchem Risiko! Er blickte hoch. Man musste gewiss nicht besonders sportlich sein, um über das Gerüst in den zweiten Stock zu gelangen. Mit dem schweren Eisen in der Hand sähe es schon anders aus. Eine wenigstens drei Meter hohe Mauer trennte diesen Hof vom benachbarten, eine direkte Verbindung gab es nicht. Beim Zurückgehen bemerkte Falk, dass mit dem Gittertor etwas nicht stimmte. Er versuchte, es zu schließen, aber da fehlten Zentimeter zum Einschnappen. Es war verbogen.

Ein Beamter bewachte mittlerweile den Eingang zum Stiegenhaus. Der Chefinspektor stieg die Treppe hoch. Er fand den Partieführer in einer kleinen Gruppe, die auf ihre Einvernahme wartete.

„Seit wann ist das Hoftor beschädigt?"

Jimmy wirkte aufgelöst.

„Sie hat uns Brötchen gebracht, Chef. Und eiskalte Minifläschchen Champagner. Sowas habe ich noch nie erlebt. Das Gatter?"

Er sammelte sich.

„Seit dem ersten Tag. Ein Tepp hat es zugemacht, ein zweiter Tepp ist dagegen gefahren."

„War das Tor in der Nacht ungesichert?"

„Solange gebaut wird, richtet man nichts, was nur wieder kaputt wird. Wir haben es angelehnt, fiel nicht auf."

Von Biedermann erfuhr Falk, dass der Innenhof in der Nacht unbeleuchtet war. Dennoch schickte er Beamte in alle Wohnungen des Blocks, die hofseitige Fenster aufwiesen. Um halb vier wurden die Leichen abtransportiert. Er erreichte den Pathologen und dessen Zusicherung, alles andere aufzuschieben, bis er mit den Paiers fertig sei.

Um sieben aß er mit Lacher und Schilling in einem Schnellimbiss, um acht lagen ihm die ersten Berichte der Befragungen vor. Um neun wusste er, dass es bislang weder einen Verdächtigen noch eine heiße Spur gab. Um fünf nach neun rief Oberst Prettner an, um ihm mitzuteilen, dass er sich auf einem Empfang der Landesregierung befinde und vor lauter Arbeit gar nicht mehr wisse, wo ihm der Kopf stehe. Dennoch nahm er sich die Zeit, Falk aufzutragen, das abscheuliche Verbrechen schnellstmöglich zu klären.

Gleich darauf klingelte erneut das Telefon.

„Ja?"

„Neuner. Ich habe etwas, das Sie sich ansehen sollten."

„Ich bin in zehn Minuten bei Ihnen."

Der Zwei-Meter-Pathologe mit der roten Löwenmähne
erwartete ihn am Eingang, einen winzigen Zigarillo zwischen
den Lippen. Er warf ihn weg, ehe er den Chefinspektor zu den
Leichen von Magda und Franz Paier führte. Die gereinigten
Wunden offenbarten erst das gesamte Ausmaß der Gewalt.
Das Haar neben den klaffenden Einschlägen des Brecheisens
war wegrasiert. Dr. Neuner trat zur Frau und deutete auf ein
Hämatom, das in Form eines Rechtecks vom rasierten Bereich
zum Bruchrand des zerschmetterten Knochens führte.
„Was ist das?", fragte Falk.
„Eine Beule, die nichts mit der Mordwaffe zu tun hat. Als ich
sie entdeckte, habe ich auch bei ihrem Mann gesucht und bin
fündig geworden."
Der Schädel des Erfinders wies ebenfalls einen tiefroten
Bluterguss auf, der sich teilweise mit der tödlichen Verletzung
überschnitt.
„Von wann stammen die Beulen?"
„Ein zeitlicher Unterschied zu den offenen Wunden ist nicht
zu erkennen. Aufgrund der Spuren müssen sie ihnen aber vor
dem Schlag mit dem Eisen zugefügt worden sein."
„Sie wurden betäubt, bevor sie erschlagen wurden. Warum?"
„Das kann ich nicht beantworten. Ihre Annahme hat sich
übrigens bestätigt: Beide standen unter dem Einfluss von
Cannabis und Alkohol."
„Schwer beeinträchtigt?"
Dr. Neuner zog sorgsam die Laken über die Gesichter der
Toten, als ob er sie durch seine Antwort nicht beschämen
wollte.
„Das glaube ich nicht. Die Dosis war nicht groß und es deutet
alles darauf hin, dass sie daran gewöhnt waren."
„Womit wurden sie zuerst niedergeschlagen?"
„Mit einem stumpfen, schweren Gegenstand. Der Abdruck
sieht ganz nach Totschläger aus."
„Danke Doktor."
Sie gaben sich die Hand und Falk atmete tief durch, als er ins
Freie trat – wie jedes Mal nach einem Besuch bei Dr. Neuner.

Er fuhr direkt nach Hause, wo er seiner Frau begegnete, die ebenfalls gerade von der Arbeit kam. Eine Kollegin hatte ihr Schinkenspeck, Bauernbrot, Butter und Käse mitgebracht. Gemeinsam setzten sie sich zur Jause, ehe sie zu Bett gingen.

29

Die versammelte Mannschaft saß im Oval Office, Falk warf
einen Blick in die Runde.
„Am Montag wird ein Finger gefunden. Er ist mumifiziert und
wurde vor fünf bis zehn Jahren abgetrennt. Von seiner
Besitzerin wissen wir nichts, vom Finger nur, dass er erst vor
einigen Tagen am Dachboden versteckt wurde. Eher wohl
hinterlegt, um gefunden zu werden. Das Motiv dafür kennen
wir nicht. Am Mittwoch gegen ein Uhr früh wird im gleichen
Haus ein Ehepaar ermordet und beraubt. Man hat es dem
Mörder scheinbar nicht schwergemacht. Die Alarmanlage ist
hochwertig, ebenso die Qualität der Fenster. Aber die Anlage
war ausgeschaltet und im Schlafzimmer wurde gelüftet. In
Verbindung mit dem Gerüst beinahe eine Einladung."
Lacher meldete Bedenken an.
„Viele Leute schalten den Alarm nur ein, wenn sie die
Wohnung verlassen, aber das offene Fenster …"
„Alte Gewohnheit. Vermutlich haben sie es seit Jahren so
gehalten", vermutete Lerchenfelder.
„Trotz des Gerüsts?"
„Der Hof war üblicherweise versperrt. Wahrscheinlich
wussten sie nichts von der beschädigten Gittertür."
„Mit ziemlicher Sicherheit nicht", bestätigte Falk. „Den Müll
entsorgte ihre Putzfrau und die wusste es auch nicht, weil das
Gatter seit Beginn der Bauarbeiten untertags offenstand. Was
wissen wir über das Brecheisen?"
Inspektor Quendler räusperte sich.
„Es gehört zur Standardausrüstung des großen
Werkzeugbehälters, dort fehlt es auch. Der Behälter ist mit
einem Zahlenvorhängeschloss gesichert. Es ist Brauch, dass
die Arbeiter das Schloss einhängen, aber die Zahlen nicht
verdrehen – oder höchstens eine. Keiner erinnert sich, wie es
am Dienstag gemacht wurde."
„Noch was zum Tor", sagte Lerchenfelder. „Ich habe mir den
Eingang letzte Nacht angeschaut. Jetzt haben sie ihn mit einer

Kette gesichert. Von der Straße aus erkennt man nicht, dass das Gatter beschädigt ist. Aber wenn man einen Schritt in den Torbogen macht, schaltet sich automatisch die Wandleuchte über dem Hauseingang ein. Dann sieht man auch den Schaden."

Der Chefinspektor fuhr fort.

„Das kaputte Tor zum Hof, das Gerüst, das offene Fenster – es könnte jeder x-beliebige Passant gewesen sein – sofern ihn gerade die Lust auf einen Raubmord überkam. Der Finger spricht dagegen. Auch den könnte theoretisch jede Person unter den Kasten gelegt haben. Aber zwei solcher Zufälle kurz hintereinander erscheinen sehr unwahrscheinlich."

„Es gibt Leute, die zwei Haupttreffer in der Lotterie gelandet haben", murmelte Sorcek.

„Nicht in der Burggasse", wehrte Lerchenfelder kategorisch ab.

„Wir brauchen den Zusammenhang", bemerkte Lacher. „Dann haben wir den Täter."

„Die Frau auf dem Sofa hätte ihn doch sehen müssen, als er ins Wohnzimmer kam."

„Es sei denn, sie hatte die Augen geschlossen oder blickte gerade in die andere Richtung."

„Warum sollte sie die Augen schließen?"

„Wegen der Musik, der Drinks, der Pfeife …", mutmaßte Lacher.

„Möglich. Franz Paier steht zwischen Sofa und offenem Safe mit dem Rücken zum Eindringling. Kann sein, er holt gerade frischen Stoff. Der Täter macht ein paar Schritte vorwärts und zieht Magda den Totschläger über den Kopf. Dann läuft er ums Sofa und macht das Gleiche bei Franz. Dann holt er das Brecheisen und tötet beide. Warum verwendet er nicht sofort das Brecheisen?"

„Weil der Totschläger handlicher ist."

„Warum tötet er sie überhaupt? Bewusstlos sind sie ja schon."

„Sie haben ihn vielleicht doch kurz zu Gesicht bekommen – oder sogar erkannt."

„Ja. Nun lehnt er das Eisen an die Wand, packt das Geld ein –
nur große Scheine, Zehner und Fünfer sind ihm zu minder, die
Haschischtüten verschmäht er ebenfalls. Er verschwindet, wie
er gekommen ist."

„Der Totschläger kann noch etwas anderes bedeuten", warf
Prüller ein. „Nämlich, dass es sich beim Angreifer nicht um
einen großen, starken Mann gehandelt haben muss, wie jeder
denkt, der das Brecheisen sieht. Wenn man damit in aller
Ruhe eine bewegungslose Person erschlägt, braucht es nicht
besonders viel Kraft. Das schaffen auch ein kleiner Mann und
sogar eine Frau. Der haarige Vorbestrafte ist damit wieder im
Spiel. Der Kerl kannte sich aus und hatte reichlich Zeit, die
beiden auszuspionieren. Ich meine, der hat so einer günstigen
Gelegenheit einfach nicht widerstehen können."

Der Chefinspektor zweifelte nicht daran, dass Slobos
serbische Herkunft bei Prüllers Überlegungen eine mindestens
genau so große Rolle spielte wie seine Vorstrafen.

Andererseits stimmte es, dass jeder die Tat begehen konnte,
der in der Lage war, das Eisen hochzuheben. Jeder und jede.

„Beobachten Sie ihn, ziehen Sie Erkundigungen ein. Aber
bleiben Sie auf Distanz."

Bei den letzten Worten regte sich automatisch Unmut in der
Miene des Inspektors, der einen Hang zum harten
Durchgreifen hatte. Falk setzte nach: „Haben Sie verstanden?"
Prüller nickte unwillig und wandte beleidigt den Kopf zur
Seite.

30___

In seinem Büro suchte Falk in den sichergestellten Unterlagen den Namen von Paiers Bank und fand auch den des Kundenbetreuers, der dem Ehepaar zugeteilt war. Nach fünf Minuten bekam er ihn an den Apparat. Die Stimme des Mannes klang unterkühlt.

„Ich kann Ihnen keinerlei Auskünfte über unsere Kunden erteilen, Inspektor. Das verträgt sich nicht mit der Reputation unseres Instituts."

„Das haben mir die Kollegen von der Wirtschaftspolizei schon versichert", entgegnete Falk sanft. „Die sind ja Stammgäste in Ihrer Zentrale, so viel man hört."

Die Stimme am anderen Ende wurde regelrecht frostig.

„Telefonische Auskünfte sind uns prinzipiell untersagt."

„Dann erwarte ich Sie in 15 Minuten im Landeskriminalamt. Wenn Sie es wünschen, lasse ich Sie gerne abholen."

Der Tonfall des Chefinspektors konnte nicht verbindlicher ausfallen. Es folgten eine kurze Pause und ein abrupter Wechsel in der Stimmungslage des Bankangestellten.

„Sagten Sie Paier? Dieser furchtbare Mord? In einem dringenden Fall ist eine Ausnahme natürlich möglich, Herr Kommissar."

„Wenn Sie meinen ...", zögerte Falk.

„Ja doch!", rief der andere. „Fragen Sie bitte!"

„Wie wohlhabend war das Ehepaar?"

„Sehr. Ich habe etwa fünfeinhalb Millionen für sie angelegt und ich weiß, dass es sich dabei nur um einen Teil des Vermögens handelte."

„Wissen Sie etwas über ihre Bargeldbestände?"

„Nichts Genaues. Doch Frau Paier vertraute mir an, dass sie aufgrund der Entwicklungen im Finanzbereich einen ordentlichen Notgroschen im Safe aufbewahrte."

„In welcher Größenordnung?"

„Mehrere Hunderttausend. Ich habe darauf aufmerksam
gemacht, dass diese Summe durch die Inflation abschmilzt
wie ein Eisblock, doch das hat sie weggelächelt."
Falk konnte sich gut vorstellen, dass sie mit vielen Einwänden
des Beraters so umgegangen sein mochte und er sie deshalb
nicht gerade liebte. Er bedankte sich, sagte: „War doch nicht
so schwer", und legte auf.
Zwei handgeschriebene Testamente setzten jeweils den
Ehegatten als Alleinerben ein. Als Nacherben fand sich eine
lange Liste von Forschungseinrichtungen. Die zweimal
jährlich aktualisierte Vermögensübersicht konnte im Erbfall
bei einem Notar eingesehen werden, der auch für die
Abwicklung der letzten Willen vorgesehen war. Hinweise auf
Kinder oder sonstige Verwandte fanden sich in den Papieren
nicht.

31

Die Tür schwang weit auf und Chefinspektor Lacher schob einen Mann ins Büro, dem es hier offensichtlich überhaupt nicht gefiel. Er trug einen alten Geschäftsanzug, grau wie sein Gesicht, fettige, schwarze Haare, die ihm in geraden Strähnen bis auf die Schultern reichten, einen Dreitagesbart und einen Gesichtsausdruck zwischen Wut und Panik.

„Ich habe nichts damit zu tun!", rief er. „Sie müssen mich behandeln wie jeden anderen Bürger. Ich kenne meine Rechte."

„Manuel Biedermann", sagte Lacher. „Er wollte durch das Küchenfenster in den Gang steigen, während mich seine Mutter ins Wohnzimmer führte. Leider ist das Gitter ziemlich eng. Ich habe ihn nur mit Mühe herausbekommen."

„Sie haben mir die Schulter ausgerenkt."

„Warum wollten Sie flüchten, Herr Biedermann?", fragte Falk.

„Ich wollte nicht flüchten, ich habe nichts damit zu tun", wiederholte der Sohn des Fingerhausbesitzers aufgebracht.

„Womit?", fragte Falk.

„Na, mit den Morden. Ich besuche nur meine Mutter."

„Wo waren Sie in der Nacht von Dienstag auf Mittwoch?"

„Das weiß ich nicht."

„Sie wissen es nicht?"

„Ich bin Alkoholiker. Mein Gedächtnis setzt oft aus, jedenfalls bei Schnaps. Am Dienstagnachmittag war ich am Bahnhof, in der Kneipe dort. Die werden sich erinnern, ich hab' ihren Rum ausgetrunken. Dann bin ich wohl gegangen."

„Aber sicher sind Sie nicht?"

„Nach einer Flasche?"

„Waren Sie allein?"

Biedermann nickte missmutig.

„Sie leben seit Jahren in Wien, stimmt das?"

„Ja."

„Seit wann sind Sie wieder in Klagenfurt?"

„Zwei, drei Wochen. Ich hab' nicht mehr so ein Zeitgefühl."

„Warum sind Sie zurückgekommen?"

„Kann ich mich setzen?"

Lacher schob ihm einen Sessel hin. Biedermann nahm vorsichtig Platz, mit den Bewegungen eines Greises, obwohl er noch keine vierzig sein konnte.

„Es ist kein Geheimnis. Das Aas will uns enterben, Ernst und mich. Nicht einmal den Pflichtteil gönnt er uns. Da macht Mutter nicht mit."

„Warum will er das tun?"

„Hat eine Junge. Die verlangt es von ihm. Aber wir wehren uns."

Falk stand auf und ging ins Nebenbüro, wo Sorcek hinter einem Bericht saß.

„Fahren Sie ins Bahnhofsrestaurant. Wir haben einen Biedermann-Sohn hier. Er will dort am Dienstag eine Flasche Rum getrunken haben, dann ist ihm der Faden gerissen. Ich will wissen, wann er gegangen ist."

Er kehrte in sein eigenes Büro zurück und blies den Rauch einer Zigarette zum Fenster hinaus. Sorceks Anruf kam nach einer Viertelstunde.

„Sie haben ihn gegen elf vor die Tür gesetzt. Eine Kellnerin ging um zwölf. Da ist er ein paar Meter weiter auf dem Boden gehockt, mit dem Rücken an die Wand gelehnt, und hat geschlafen."

„Sie können gehen", sagte Falk zum Sohn des Fingerhaus-Besitzers.

„Deswegen hat der Typ mich hergeschleppt?"

„Gibt es noch andere Gründe?"

Biedermann stand auf, murmelte etwas Unfreundliches und schlurfte hinaus.

„Er trägt ein bisschen dick auf mit seiner schlechten Verfassung", bemerkte Lacher. „Um zum Küchenfenster zu gelangen, musste er auf einen Geschirrschrank klettern. Er kam auch problemlos wieder herunter."

„Vielleicht geht er nur auf Nummer sicher. Wenn er um Mitternacht mit einer Flasche Rum im Bauch am Bahnhof schläft, ist es schwer vorstellbar, dass er eine Stunde später mit dem Brecheisen im Gepäck über das Gerüst turnt."

„Oder der Vollrausch war auch gespielt."

„Am Bahnhof sind unsere Leute unterwegs, die Bahnsecurity, Taxifahrer … Vielleicht hat ihn noch jemand gesehen."

Lacher seufzte unüberhörbar.

„Ich kümmere mich darum."

Kaum war er gegangen, stürmte Prüller wutschnaubend herein.

„Der kleine Serbe ist weg. Wir hätten ihn gleich hopsnehmen sollen, ich hab's gewusst."

„Ist er nicht zur Arbeit gekommen?"

„Nein. Die anderen wissen natürlich von nichts."

„Hat er sich in der Firma gemeldet?"

„Auch nicht. Seine Vermieterin weiß nur, dass er in der Früh das Haus wie jeden Tag verlassen hat."

„Slobo verliert schon die Nerven, wenn ihn ein Zeitungsständer schief anschaut. Die Ereignisse der letzten Tage müssen für ihn ein Albtraum gewesen sein."

„In dem er zwei Leute umgebracht hat", fauchte Prüller. „Wir müssen eine Fahndung rausgeben."

Der Chefinspektor überlegte.

„Ja, aber nicht wegen Mordverdachts."

Slobo mochte ein Gelegenheitsdieb sein, scheu und wachsam wie ein Murmeltier, jederzeit bereit, in einem sicheren Versteck zu verschwinden. Deshalb überraschte sein Abtauchen den Chefinspektor nicht, aber als kaltblütigen Mörder konnte er sich den schüchternen, schmächtigen Arbeiter nicht vorstellen. War er überhaupt freiwillig abgetaucht? Er mochte etwas mitbekommen haben. Wachsame Murmeltiere sind scharfe Beobachter. Bei Leuten wie dem Mörder der Paiers konnte das rasch gefährlich werden.

32

Es gab keinen ernsthaft Verdächtigen, aber auch keine
ernsthaften Alibis, um jemanden auszuschließen. An
Wochentagen schlafen die meisten Leute nach Mitternacht –
jedenfalls in der Provinz. Allfällige Partner, die ebenfalls
schlafen, bestätigen gerne alles Mögliche, sind aber als
Zeugen nicht viel wert. Schließlich haben sie ja geschlafen.
Das nervige Piepsen seines Handys riss den Chefinspektor aus
diesen Überlegungen. Lacher zählte zu den Leuten, die lieber
eine SMS schicken als anzurufen. Falk las:
M. Biedermann wurde um 0:15 von einer Streife
angesprochen, stand auf und ging schnurgerade die
Bahnhofstraße nach Norden ;-)
Der Chefinspektor wusste, dass manche Gewohnheitstrinker
noch schnurgerade gehen, wenn sie schon längst nicht mehr
wissen, was sie in dem Moment überhaupt tun. Manche
reagieren überrascht, wenn man ihnen sagt, dass sie gehen –
wohin auch immer. Er wusste aber auch, dass man vom
Bahnhof nach Norden musste, um in die Burggasse zu
gelangen.
Er blickte in das Nachbarbüro, in dem Inspektorin
Lerchenfelder gerade in eine Lederjacke schlüpfte, um die
jeder hartgesottene Punk sie beneidete.
„Machen Sie Schluss?", fragte er.
„Ja, ist aber nicht dringend."
„Fahren wir in die Burggasse."
Falk klingelte vergeblich an der Tür des Hausbesitzers. Dafür
öffnete sich die Tür der ewigen Mumie Drexel einen
Spaltbreit.
„Ach, Sie sind's. Der ist nicht hier."
„Ist er verreist?"
„Nein. Um die Zeit beschäftigt ihn jetzt etwas Neues. Holt sie
wohl von der Arbeit ab oder so."
„Kennen Sie die Frau?"
„Nie gesehen. Ist mir auch egal."

Heftig zog sie die Tür zu. Falk sah Lerchenfelder an. Sie zuckte die Achseln und schwenkte einen locker erhobenen Mittelfinger Richtung Nachbarwohnung. Sie verließen das Haus Seite an Seite. Durch die Auslage der Konditorei leuchtete wieder der unverkennbare, zitronengelbe Kopf. Falk machte die Inspektorin darauf aufmerksam.
„Haben Sie mit dem Gelben schon zu tun gehabt?"
„Nein."
„Er wird nicht lange bleiben. Folgen Sie ihm."
Lerchenfelder verschwand in der Toreinfahrt. Als der Chefinspektor gleich darauf einen Blick hineinwarf, wäre er selbst kaum auf den Gedanken gekommen, dass dieser Punk, der da mit leerem Blick auf sein Handy starrte, mit seiner Abteilung irgendwie in Verbindung stand.

33

Es dauerte wirklich nur Minuten, bis der Gelbe aus der
Konditorei kam und, beide Hände in den Hosentaschen, ohne
Eile davon schlenderte. Der Punk ließ ihm reichlich
Vorsprung, ehe er sich aus der Einfahrt löste und ihm folgte,
den Blick nach wie vor auf das Handy gerichtet. Nach
wenigen Minuten erkannte Lerchenfelder, dass sie nicht der
einzige Schatten des Gelben war. Nur ein paar Schritte hinter
ihm ging eine Frau in einem leuchtenden Blumenmusterkleid
mit wallendem, brünettem Haar. Wenn der Gelbe stehen blieb,
um ein Schaufenster zu betrachten, hielt sie ebenfalls an,
wenn er seinen Weg fortsetzte, folgte sie ihm. Sie war so
unauffällig wie ein kreischender, roter Papagei in einem
stummen Taubenschwarm. Der Arbeiter schien sie nicht zu
bemerken. Er überquerte den Neuen Platz, ging bis zur
Kreuzung Villacher Straße-Villacher Ring und spazierte den
Ring entlang Richtung Süden.
Als sich Inspektorin Lerchenfelder ziemlich sicher war, wo ihr
Weg sie vorbeiführen würde, nutzte sie ihr Handy statt zum
Anstarren für ein kurzes Telefonat. Günter meldete sich mit
dem gewohnt knappen: „Ja?"
„Bist du zuhause?"
„Ja."
„Dann lauf gleich runter. Bin auf Observation, zu Fuß. Du
kannst meine Tarnung verbessern."
Wortlos brach er das Gespräch ab, das bedeutete Zustimmung.
Er trat aus dem Mietshaus, als sie nur mehr wenige Schritte
davon entfernt war. Sie hängte sich bei ihm ein.
„Perfektes Timing."
Günter begnügte sich mit einem Nicken. Wachtmeister König
und Inspektorin Lerchenfelder bildeten das seltsamste
Liebespaar im ganzen Land. Nur wer sie sehr gut kannte,
wusste überhaupt, dass sie ein Paar waren. Sie wohnten nicht
zusammen, sie trafen sich nicht einmal häufig und da Günter
stets verschwiegen blieb bis an die Grenze der Stummheit,

redeten sie auch kaum miteinander. Trotzdem liebten sie sich innig und aufrichtig.

Nun folgten sie dem Gelben, dessen Frisur ihnen den Weg wies wie ein Leitfeuer. Die Brünette mit dem Blumenkleid hielt ungefähr die Mitte der auseinandergezogenen Prozession. Sie erreichten einen Stadtteil südlich der Bahn, wo der Verkehr abnahm, die Straßen schmäler wurden und Ein- und Zweifamilienhäuser, Gärten und Hecken das Bild prägten. Mit einem Mal verschwand der Gelbe von der Bildfläche.

„Er ist rechts ab in die Hecke", zischte Lerchenfelder. „Blitzschnell. Der ist nicht so ahnungslos."

Die Brünette stockte kurz und setzte ihren Weg langsamer fort. Ungefähr auf der Höhe, wo der Gelbe verschwunden war, hielt sie an und drehte sich suchend um die eigene Achse. Während sie ihm den Rücken kehrte, trat der Verfolgte aus der Hecke direkt hinter sie. Als sie ihn endlich bemerkte, machte sie einen kleinen Sprung zur Seite. Lerchenfelder und König gingen langsam Hand in Hand, die Gesichter einander zugewandt und scheinbar meilenweit entfernt vom Alltag, auf die beiden zu.

„Jetzt schleichst du mir seit Tagen nach", sagte der Gelbe halblaut. „Warum?"

Sie hatte sich rasch von ihrem Schrecken erholt.

„Ich habe dich auf dem Gerüst gesehen, ich arbeite gegenüber. Du bist anders als die anderen."

Die Inspektorin und ihr Freund befanden sich nun auf gleicher Höhe mit dem Paar. Die Brünette mochte um die 25 sein. Ihre Stimme klang dunkel und leicht rauchig. Nachtclub, dachte Lerchenfelder sofort, doch der Teint der Frau wirkte zu jugendlich frisch, die Augen ausreichend frech, aber zu unverbraucht. Sie war sehr schön, das musste man zugeben.

„Okay, doch weshalb läufst du hinter mir her?"

„Kannst du dir das nicht denken?", fragte sie.

Der Gelbe verstummte vor Überraschung, während Lerchenfelder und König sich notgedrungen weiterbewegten.

„Du machst mich an?"

Die Antwort der Brünetten verstanden sie nicht, doch der Gelbe ließ sich offenbar nicht lange bitten.

„Komm mit", sagte er.

Die Inspektorin schlang die Arme um den Nacken ihres Freundes und küsste ihn. Sie beobachtete, dass der Gelbe die Brünette an der Hand hielt und ein Gartentor öffnete. Verborgen hatte er sich zuvor in dem schmalen Fußweg, der von der Straße zwischen zwei Gärten, eigentlich zwischen zwei hohen Hecken, entlangführte. Sowie die beiden außer Sicht waren, zog Lerchenfelder den stoischen König in den Weg und versuchte das Paar durch die Hecke auszuspähen. Eine Lücke eröffnete ihr den Blick auf ein kleines Haus zwischen Obstbäumen und Beeten, doch der Gelbe und seine neue Freundin hielten sich näher am Zaun und betraten gleich darauf ein noch kleineres Häuschen, das in der hinteren Ecke des Gartens stand. Zu Lerchenfelders Bedauern wurde die Hecke dort von einer Mauer abgelöst. Einer Mauer, die eindeutig zu hoch für sie war.

„Ich muss auf deine Schultern", flüsterte sie.

König ging in die Knie, half ihr beim Aufsteigen und hob sie hoch. Auf der Mauer wucherte Unkraut, das sie vorsichtig zur Seite schob, um freie Sicht zu erlangen. Die Entfernung zur Hütte betrug gerade drei Meter. Die Inspektorin sah die beiden durch eines der großen Fenster, die in ihre und in die gegenüberliegende Richtung wiesen. Holzwände, eine Türe und diese beiden Fenster, dazu ein Tisch und Stühle, mehr gab es nicht in dem Raum.

Der Gelbe und die Brünette hielten einander eng umschlungen und küssten sich. Dann löste er sich von ihr, knöpfte das Blumenkleid auf und streifte es über ihre Schultern. Sie trug keinen BH, nur einen Tanga. Ohne Hast schob er ihn nach unten und trat zurück wie ein Maler von seinem Bild, um einen besseren Gesamteindruck zu gewinnen. Die Frau schlüpfte aus ihren Schuhen und wartete. Sie sah sehr gut aus und wusste es. Ein straffer, vollkommen enthaarter Körper,

volle, feste Brüste, lange Modelbeine, schmale Hände und
Füße, ein sinnlicher Mund. Lerchenfelder vermochte ihren
Gesichtsausdruck nicht zu deuten. Verbarg sich etwas hinter
ihrer Aufregung oder Erregung? Der Mann trat wieder vor
und setzte sie auf den Tisch. Er rückte zwei Stühle zurecht,
damit sie ihre Beine abstützen konnte. Dann zog er Hose und
Unterhose aus und zuletzt das Ruderleibchen. Die Inspektorin
hielt den Atem an. Sein Rücken sah aus wie eine einzige
große Narbe, zusammengesetzt aus einer Unzahl sich
überlagernder kleiner Narben – wie ein dichtes
Schuppenkleid. Sie konnte sich die Ursache und diese
Häufung alter Wunden nicht erklären. Die Frau stützte sich
mit den Händen auf der Tischplatte ab. Den Kopf ließ sie nach
hinten sinken, sodass ihre braunen Locken einen dichten
Vorhang bildeten, der ihren Rücken bedeckte. Er stellte sich
zwischen ihre Schenkel und begann sich zu bewegen, langsam
und kraftvoll. Lerchenfelder gefiel sein Hintern. Sie fühlte
keinerlei Scheu oder gar schlechtes Gewissen, dem Paar beim
Sex zuzusehen – das hier war Dienst –, trotzdem wurde sie
sich Günters vorstehendem Nackenwirbel bewusst, der sich
wie ein winziger Penis in ihren Schritt presste.
„Geht's noch?", flüsterte sie.
Zum ersten Mal in ihrem Leben spürte sie ein zustimmendes
Nicken mit ihren Schenkeln.
Die Frau in dem kleinen Zimmer hatte ihre Beine mittlerweile
so heftig angespannt, dass sie von den Zehenspitzen bis zu
den Hüften eine einzige Gerade bildeten. Sie glaubte, ihr
Stöhnen zu hören. Er vögelte beherrscht, fast ein wenig
unbeteiligt. Ruckartig löste sich ihre Verspannung. Der
Blonde behielt sein Tempo bei. Scheinbar gelassen spielte er
mit ihren Brüsten bis ihre Füße sich erneut streckten. Sein
Gesichtsausdruck änderte sich nicht. Lerchenfelder überlegte,
ob er überhaupt bei der Sache war. Fast ärgerte sie sich über
ihn. Das Paar gelangte gemeinsam zum Höhepunkt oder tat
zumindest so. Er zog sich zurück und bot ihr ein Taschentuch
an. Sie änderte ihre Stellung auf dem Tisch nicht und begann

zu reden. Die Inspektorin vernahm nur ein undeutliches Murmeln, keine unterscheidbaren Worte. Ihr schien, als ob sie Fragen stellte, die er knapp beantwortete. Seine Haltung änderte sich und wurde abweisend. Als er sich anziehen wollte, stand sie rasch auf und kniete vor ihm nieder. Er schien es nicht besonders zu mögen. Eine Weile ließ er sie gewähren, zog dann aber doch die Hose hoch. Er reichte ihr das Kleid. Sie streifte es über, nun offenkundig auch verärgert. Den Tanga stopfte sie in die Handtasche. Sie schlüpfte in ihre Schuhe und ließ sich von ihm die Tür aufhalten. Mit raschen Schritten legte sie den Weg zum Gartentor zurück. Vielleicht wollte sie ihn mit ihrer Nacktheit unter dem leicht durchscheinenden Stoff für den vorzeitigen Abbruch des Schäferstündchens bestrafen – oder für seine Weigerung, auf ihre Wünsche einzugehen, worum immer es sich dabei handeln mochte. Falls das zutraf, beeindruckte es ihn nicht. Er folgte ihr bis zum Tor, schloss es und schlenderte zum größeren der beiden Häuschen, wo er an die Tür klopfte und eintrat.

„Schnell!", zischte Lerchenfelder. „Ich muss wissen, wo sie wohnt."

Günter setzte sie ab. Auf der Straße hängte sie sich erneut bei ihm ein und als Pärchen beim Abendspaziergang folgten sie in reichlichem Abstand der Frau im Blumenkleid, die sich nach Süden wandte.

„Sie hat nichts darunter an", sagte die Inspektorin. „Macht dich das scharf?"

„Nur bei dir", erwiderte er nach einer Weile, was für seine Verhältnisse einer langen Ansprache gleichkam.

„Oje", meinte sie. „Und ich trage immer Hosen und weiß Gott was noch alles. Aber für dich versuche ich es einmal."

„Gut."

Während der Verfolgung berichtete sie ihm, was sie beobachtet hatte. Er spitzte mehrmals die Lippen und betrachtete sie zärtlich von der Seite. Als die Frau sich nach einigen Minuten am Eingang eines Wohnblocks zu schaffen machte, lief Lerchenfelder voran. Durch die bereits wieder geschlossene Glastür erspähte sie die Leuchtanzeige des Lifts. Bei vier hielt er an. Sie überflog die Namensschildchen neben der Sprechanlage. Nur ein einziger Frauenname in der vierten Etage: Flora Baumeister.

„Flora – ob sie deshalb Blumenmuster mag?"

Erneut hängte sie sich bei Günter ein.

„Es ist spät. Zu dir oder zu mir?"

„Dir. Kleid."

„Okay", stimmte sie zu, nicht ohne Vorfreude in der Stimme.

„Nehmen wir den Bus."

34

Sie saßen an dem Küchentisch mit der hellgrün melierten Resopalplatte aus den 1950ern, über die ein durchsichtiges Plastiktischtuch mit rosa Blümchen gespannt war. In der Mitte des Tisches lag ein dunkelrotes, gesticktes Deckchen, darauf säuberlich angeordnet ein Salz-Pfeffer-Set und eine glatte Holzschale, in der sich kleine, runzlige Äpfel und Walnüsse türmten. Der alte Mann mit den dicken Brillen schenkte sorgfältig zwei winzige Schnapsgläschen voll.

„Weißt du, mein Sohn, im Rückblick hat der Krieg für mich nur aus zwei Dingen bestanden: einmal dem ständigen Laufen von einer Deckung zur anderen. Ob es ein Erdloch war, eine Ackerfurche oder nur ein Ameisenhaufen. Zum anderen aus Tod, rundum Tod. Auf den Schlachtfeldern, in den Lazaretten, später in der Gefangenschaft. Ich habe so viel Tod gesehen, dass ich selbst gar nicht mehr sterben brauche."

Er lachte, hob den Fingerhut Schnaps ohne zu zittern an den Mund und kippte die Flüssigkeit hinunter. Der Gelbe kaute bedächtig einen Apfel, er aß ihn samt Stumpf und Kerngehäuse, den kurzen Stiel legte er zu den zweien, die schon vor ihm lagen. Der Alte betrachtete ihn nachdenklich.

„Selten, dass heute einer so sparsam mit dem Essen umgeht."

Er schenkte die Gläschen nochmals voll.

„Hast du schon einmal einen Mann getötet?"

Der Gelbe nahm sich noch einen Apfel und sah seinem Gegenüber in die Augen, die hinter dem zentimeterstarken Glas schwammen wie zwei kleine, graublaue Quallen in einem Aquarium. Ohne etwas zu sagen, nickte er kurz und biss fest in die runzlige Haut.

„Dachte ich mir", murmelte der Greis. „Irgendwie spüre ich sowas."

Plötzlich schüttelte er sich wie ein Vogel nach einem raschen Bad.

„Ist jetzt 70 Jahre her, aber ich träume immer noch jede Nacht davon."

„Ja", meinte sein Untermieter nur.

Der Hausherr wechselte das Thema.

„Fesches Mädel, das Blumenkind. Hätte mir auch gefallen, vor zehn Jahren. Na ja, vielleicht vor zwanzig."

„Haben Sie gespannt?"

Der Alte schenkte kichernd noch zwei Fingerhüte ein.

„Nur ein bisschen. Ist nicht mehr so meine Sache. Ich war übrigens nicht der Einzige. Durch das Kraut auf der Mauer hat eine Frau gespitzt. Das war kein Zufallsgast. Die Mauer ist gut zwei Meter hoch."

„Wie hat sie ausgesehen?"

„Ein kurzlockiger Sturschädel. Mit der ist bestimmt nicht gut Kirschen essen."

„Kommt mir bekannt vor", erwiderte der Gelbe. Er leerte das Glas.

„Danke für die Äpfel und den Tropfen. Ich lege mich jetzt nieder."

35

Eine halbe Stunde später beobachtete er vom Bett aus den
Mond, der das noch schüttere Laub des Nussbaums in einen
runden Scherenschnitt verwandelte. Er musste gar nicht
einschlafen, um von den Toten zu träumen ...
Es begann immer gleich.
Sie werfen ihn mit der Brust voran auf eine Transportkiste,
zwei halten seine Arme. Der Boss steht hinter ihm und
beginnt das Ritual. Die Peitsche mit den eingeflochtenen
Metallfäden tanzt über seinen nackten Rücken und verwandelt
ihn bedächtig und systematisch in einen einzigen,
unbeschreiblichen Schmerz. Seine Kiefermuskeln erstarren zu
Eisen, die Gesichtszüge verzerren sich zu einer Fratze, aus
allen Poren strömt Schweiß. Es dauert lange. Zum Abschluss
gießt der Boss eine Flüssigkeit über die Wunden, die den
Schmerz zu einem Flammenmeer steigert. Sein Geist löst sich
von der Qual und erreicht jenen Zustand eiskalter
Konzentration, der ihn während des Kampfes tragen würde.
Sie stellen ihn auf die Beine und führen ihn mit nacktem
Oberkörper, barfuß und blutend, in einen Kreis aus Männern,
wo sein Gegner bereits wartet.
Der Kampf wird mit bloßen Händen geführt. Es gilt nur eine
Regel: Das Ende ist erreicht, wenn einer der Kontrahenten tot
auf dem Boden liegt. Der Gegner ist diesmal groß und hager,
seine Arme sind auffallend lang, Affenarme. Hände und Füße
riesig, der Kopf dagegen schmal und spärlich behaart. Sie
belauern sich, drehen sich langsam im Kreis. Aus dem
Publikum, das den lebendigen Ring bildet, kommen
Anfeuerungsrufe. Der Affe führt den ersten Angriff. Er
springt vor und lässt im Sprung seine Faust wie eine an einem
Seil hängende Kugel Richtung Gegner schwingen. Es ist ein
so ungelenker und durchsichtiger Versuch, dass er ihn für eine
Finte hält und sich fast überraschen lässt. Doch sein Gegner
kennt Feinheiten wie Finten nicht. Er ist einfach unglaublich
schnell und die Wucht der vorbeizischenden Riesenfaust ist

gewaltig. Ein Treffer mit dieser menschlichen Keule kann den Kampf entscheiden. Er nutzt die Blöße des Affen, der den ungebremsten Schwung seines Schlags erst abfangen muss. Blitzschnell ist er dicht an ihm und lässt ein kurzes Trommelfeuer seiner Fäuste gegen Nieren und Magen des anderen klatschen. Der weicht zurück und schickt völlig unbeeindruckt eine ganze Serie seiner wild ausholenden Hiebe los. Wieder entkommt er nur knapp den heranschwirrenden Faustkugeln. Ein Knöchel streift seine Nase und legt sie zur Seite wie ein Blatt Papier. Blut strömt, der Geräuschpegel der Zuschauer schwillt an, die graue Mauer ihrer Kaftane bewegt sich langsam mit den Kämpfern wie eine Luftblase in Öl. Er versucht immer wieder, den Schlaghagel des Affen zu unterlaufen und ihn im Infight mit harten Treffern zu zermürben. Boxtechnisch ist er ihm überlegen, aber der Affe verfügt über eine eiserne Konstitution und scheinbar endlose Kraftreserven. Immer wieder streift ihn einer seiner Hammerhiebe, die eiskalte Konzentration nimmt mit den Minuten langsam ab. Er merkt es daran, dass seine Sinne immer mehr von der Umgebung aufnehmen. Er unterscheidet einzelne Rufe aus dem Stimmengewirr, sieht dunkle, schnauzbärtige Gesichter, hart, trocken und staubig wie der festgestampfte Boden, auf dem sich viele nackte und manche in Sandalen steckende Füße im Rhythmus des Kampfes hin- und herschieben. Er riecht sein eigenes Blut und das stechende, scharfe Aroma von Männern, die sich selten waschen. Er merkt, dass die Kraft seiner eigenen Schläge abnimmt und die Unterarme, mit denen er sich verteidigt, taub werden. Mit einem Mal begreift er, dass ihn der Affe töten wird. Der Kampf zweier gleichwertiger Gegner verwandelt sich schleichend zur Jagd auf ihn. Er befindet sich fast nur mehr auf dem Rückzug. Er weiß, dass das Ende naht, sobald sich sein Rückzug in Flucht verwandelt, denn es wäre eine Flucht im Kreis, aus dem es kein Entkommen gibt. Selbst wenn es ihm gelänge, die harte Mauer der Männerleiber zu durchbrechen, würden ihn augenblicklich mehrere Dolche treffen. Sehnige Hände spannten sich längst um reich verzierte Griffe. Keiner aus dem Ring würde auch nur den Bruchteil einer Sekunde zögern, er hatte ihre Unerbittlichkeit zur Genüge kennengelernt. Der Affe fühlt seine Schwäche, verzieht seine Lippen zu einem Grinsen und verstärkt seine Anstrengung, er sucht den Abschluss.

Ein anderer Gedanke taucht auf: Er müsste nur kapitulieren, um hier herauszukommen – aus dem blutigen Staub, den Schmerzen, dem Kreis dieser Männer, die eine so seltsame Mischung aus Stolz und Großmut, Blutdurst und Grausamkeit in sich tragen. Einfach aufhören und sich vom Affen töten lassen – weit weniger schmerzvoll als dieser Kampf und dieses Leben. Nur ein Gedankenblitz, doch er lässt ihn plötzlich alles glasklar sehen. Er will raus hier, aber lebend – weg von hier, zurück in seine eigene Welt. Dafür muss er den Affen besiegen.

Auf der Kippe zwischen Rückzug und Flucht lauert er nun auf eine Lücke. Er darf nicht auf sie warten, er muss sie vorausahnen. Er springt in den Flug der Fäuste des Affen, die ihn um Haaresbreite verfehlen, er liegt waagrecht in der Luft und katapultiert seine Füße wie zwei Stahlfedern in den Unterleib des Affen, der nach hinten geschleudert wird und zu Fall kommt. Ein kollektives Stöhnen, ein blindes Verständnis für diesen originär männlichen Schmerz, durchläuft den Ring. Der Affe windet sich, er kann die Beinschere nicht abwehren und damit tritt der Kampf in eine neue Phase ein. Er kehrt dem Affen seinen Rücken zu, auf dessen gemartertes Fleisch jetzt die ungebremsten Hiebe niederhageln. Seinen Kopf zieht er an die Brust, mit den Händen wehrt er die Kniestöße seines Gegners ab und gleichzeitig schließt er die Beinschere mit aller Kraft, quetscht langsam Rippen und Innereien des Affen zusammen, während dessen verzweifelte Schläge auf seine Schultern donnern wie Hämmer auf einen Amboss. Er schmeckt Staub und Blut, blickt durch rote Schlieren und spannt seine Beinmuskeln an bis zum Zerspringen. Die Schläge werden irgendwann schwächer und mit einem Mal gibt etwas nach unter dem gewaltigen Druck der Schere, ein Schrei quält sich aus dem aufgerissenen Mund des Affen und dringt weit in die Nacht, dann ist es vorbei. Er kauert auf Händen und Knien neben seinem Gegner, am ganzen Leib zitternd, und betrachtet das verzerrte Gesicht mit den geschlossenen Augen, die zuckenden Lider, die wild pochende Halsschlagader. Ein Mann reicht ihm einen Dolch. In diesem Moment herrscht Totenstille in der Wüste, ein Schweigen, als ob sich im Umkreis von tausend Kilometern kein Lebewesen aufhielte. Ohne aufzublicken nimmt er den Dolch, mit heftig zitternder Hand setzt er die Schneide an den Hals des Affen, dann drückt er fest zu und zieht das Messer durch. Rasch bildet sich eine anschwellende Blutlache im feinen Staub, wieder ertönt ein leises Stöhnen im Ring. Er reicht den blutigen Dolch zurück, die Helfer des Bosses kommen, richten ihn auf und führen ihn weg.

Falk trank den Kaffee aus der roten Thermoskanne, die er seit
der Aufstellung des neuen Getränkeautomaten gelegentlich
mit ins LKA nahm. Ein lahmer Protest, wie er sich selbst
eingestand. Die Brühe aus dem Neuen schmeckte so übel wie
die aus seinem Vorgänger, kostete aber mehr. Die aus der
Kanne schmeckte gut, wenn er sie um sieben hineingoss. Was
er um halb neun herausschüttete, schien ihm stets auf
geheimnisvolle Weise verwandelt – leider nicht zum Vorteil.
Entweder lag es am Luftdruck im Büro oder an den nicht
nachweisbaren, unsichtbaren Strahlen, die der neue Automat
aussandte. Konkurrenzausschaltungsstrahlen, nichts in meiner
Umgebung darf besser sein als ich. Wenn das auch bei
Menschen funktionieren würde!
Er nippte an seinem ungeliebten Kaffee und betrachtete
Lacher, der sofort nach seiner Ankunft in einen Sessel
gefallen war, die Arme auf den Tisch und den Kopf auf die
Arme gelegt hatte. Die geschlossenen Lider zuckten, der
Mund stand leicht offen, er röchelte leise und ein dünner
Speichelfaden verband den tiefer liegenden Mundwinkel mit
seinem Sakko. Seine Gesichtsfarbe hatte sich vom üblichen
Braun ins Rötliche gewandelt. Gott allein – und das war gut
so – mochte wissen, wie viel Restalkohol sein Herz da im
Kreis pumpte. Doch seine Reflexe funktionierten.
Noch ehe Inspektorin Lerchenfelder, die Anklopfen prinzipiell
verabscheute, die Tür zur Gänze aufgestoßen hatte, saß
Lacher schon halb aufrecht und wischte den Speichelfaden
weg. Es wäre nicht nötig gewesen, denn sie würdigte ihn
keines Blickes. Ihr Verhältnis zu ihm war immer ambivalent
gewesen. Seit seinen Eskapaden, die ihr nicht – wie
niemandem im LKA – verborgen geblieben waren, hatte sie
ihn auf ihrer persönlichen Skala auf das Niveau Inspektor
Prüllers herabgestuft: Luft.
„Flora Baumeister arbeitet in einer Kanzlei gegenüber dem
Fingerhaus. Drei Anwälte, sie ist Sekretärin."

„Flora Baumeister?"

„Ach ja, da ist mein Bericht."

Sie hielt dem Chefinspektor zwei zusammengeheftete Blätter hin. Er las sie.

„Dann hat sie ihn wohl bei der Arbeit gesehen und wollte ihn kennenlernen."

Lerchenfelder hatte die Sexszene zwischen dem Gelben und der Brünetten auf drei sehr kurze Sätze reduziert, nun suchte sie nach ausführenden Worten.

„Irgendetwas stimmte nicht. Wenn sie nur mit ihm schlafen will, warum fragt sie ihm dann gleich ein Loch in den Bauch?"

„Wahrscheinlich ein Heiratsantrag", schlug Lacher mit der Restfröhlichkeit seiner durchzechten Nacht vor. „Oder sie ist ihm nicht nur gefolgt, weil sie scharf auf ihn war."

Sie ignorierte ihn.

„Außerdem habe ich ,auffallende Narben' geschrieben. Das trifft es nicht ganz. Sein Rücken besteht nur aus Narben."

„Die hat er bestimmt auf seinen Wanderungen gesammelt", bemerkte Falk.

Seine Kollegen sahen ihn fragend an.

„Ja, er hat Wanderjahre hinter sich. Aber er erzählt nichts davon. Ich habe seinen Pass gesehen."

„Voller exotischer Visa?", erkundigte sich Lacher.

„Nein. Er hat ihn erst seit eineinhalb Jahren und seit einem Jahr lebt er in Klagenfurt. Ich habe eine Anfrage auf dem kurzen Dienstweg an die ausstellende Behörde in Deutschland gesandt und eine zweite an Interpol. Er ist ein unbeschriebenes Blatt."

Miami steckte seinen Kopf herein.

„Stör' ich?", fragte er und fügte vorsorglich hinzu: „Es ist dringend."

„Komm rein."

Der kleine Drogenspezialist zwinkerte Lerchenfelder zu, die diese Aufmerksamkeit mit einem angedeuteten Lächeln quittierte. Eigentlich konnte sie Bullen nicht leiden, Falk ausgenommen, doch Miami spielte in jeder Hinsicht in seiner eigenen Liga. Er setzte sich auf den letzten freien Stuhl und grinste zufrieden.

„Der Stoff, den du im Safe gefunden hast – ich hab' ihn analysieren lassen. Und dann hab' ich eine Idee gehabt."

„Schön", murmelte der angeschlagene Lacher. „Verrätst du sie uns?"

„Ich habe das Ergebnis mit dem Zeug verglichen, das wir bei den Dachgärtnern gefunden haben. Bingo."

„Die gleiche Ware?", fragte Falk. „Kein Irrtum möglich?" Miami machte eine knappe Geste, die er bei Humphrey Bogart abgeschaut haben mochte.

„Nicht in dieser Welt, Baby."

„Was sagen die Jungs dazu?"

„Funkstille. Ihre Anwälte suchen verzweifelt nach einer passenden Erklärung."

Der Chefinspektor kritzelte eine weitere Figurengruppe auf sein Zeichenblatt.

„Gibt es eine Verbindung zwischen den Paiers und den Gymnasiasten? Oder deren Eltern?"

„Kann ich dir noch nicht sagen."

„Kümmerst du dich bitte darum?"

„Wollte ich gerade vorschlagen", erwiderte Miami, stand auf, hob lässig die Hand zum Gruß und verschwand.

37

Wieder stieg Falk in den 4. Stock des Fingerhauses, das zum Mordhaus geworden war und klopfte bei den Studenten. Thomas Helfer, die Marge Simpson mit schwarzer Turmfrisur, erschien ihm ganz fremd. Statt des Turms fiel eine dicke, gekräuselte Haarmatte bis auf seine Schultern. Sie machte sein Gesicht noch blasser und die Nase noch spitzer.

„Hallo Chefinspektor. Kommen Sie herein."

„Sind Ihre Kollegen zu Hause?"

„Phillip und ich lernen, Norbert ist auf der Uni."

„Ich möchte mit Ihnen beiden sprechen."

Falk wartete im Wohnraum, während Helfer seinen Kollegen holte. Sie traten ein und blieben nebeneinander stehen, verlegen, als ob sie sich in einer fremden Wohnung befänden.

„Setzen Sie sich."

Der Chefinspektor ging zum Fenster, drehte sich um und schwieg eine Weile. Die Studenten hockten am äußersten Rand der Couch.

„Hat Frau Paier regelmäßig Ihre Partys besucht?"

„Ja", antwortete Helfer nach einem Seitenblick auf seinen Freund. „Sie blieb nie lange, aber die Gesellschaft junger Leute machte ihr Spaß."

„Nannten Sie sie Yoko?"

„Sie liebte die Beatles über alles, besonders John Lennon."

„Bestimmt ist sie nicht mit leeren Händen gekommen."

„Nein, sie war immer großzügig. Sie brachte ihren guten Gin mit oder einige Flaschen Wein, Chips, Salznüsse und so. Wir wollten das gar nicht, doch sie bestand darauf."

„Und etwas zu rauchen doch auch?"

„Ja, immer gleich drei, vier Päckchen, die sie uns überließ, wenn sie ging."

„Und Gras."

Es war eine Feststellung. Die Studenten schienen für lange Sekunden den Atem anzuhalten, niemand sprach.

„Gras?", wiederholte Helfer schließlich matt. „Woher …"

„Ich habe es letztens gerochen. Ihr Freund Käfer dachte daran, obwohl ihm doch so übel war, dass er sich kaum auf den Beinen halten konnte, aber er hat das Fenster zu spät aufgerissen."

„Sie hatte öfter ein bisschen dabei", murmelte Phillip.

„Gerade für einen oder zwei Joints. Das ist doch nicht schlimm."

Falk setzte sich nun in einen der Armsessel.

„Mir ist völlig egal, was ihr raucht, meine Lieben. Mich interessiert nur, woher sie den Stoff bekam. Von euch?"

Beide starrten ihn entsetzt an.

„Wir sind doch keine Dealer!", protestierte Helfer. „Wir haben das Zeug ab und zu probiert, nicht mehr!"

„Ihr seid keine Kostverächter. Bestimmt habt ihr gefragt, woher sie es denn hatte."

„Ja", sagte Helfer. „Ich wollte es wissen. Ich habe nicht so viel erfahren."

Dabei presste er Daumen und Mittelfinger fest aufeinander, um seine Ausbeute anzuzeigen.

„Damit haben Sie sich begnügt?"

„Sie bekomme es von einem Freund, meinte sie – aus, fertig. Yoko war die Liebenswürdigkeit in Person, aber sie hatte ihren eigenen Kopf."

Der Chefinspektor stand auf.

„Von diesem Kopf ist nicht mehr viel übrig. Denkt nach, ob euch noch was einfällt. Das seid ihr Yoko schuldig."

38

Die Anwaltskanzlei befand sich im Haus neben der Trafik. Ein nachträglich eingebauter Lift beförderte Falk in den dritten Stock. Auf einer großen Messingtafel an der Tür standen die Namen der Anwälte, auf einer kleineren darunter die Aufforderung:

Eintreten ohne anzuklopfen!

Der Vorraum war eine Mischung aus Wartezimmer und Sekretariat. Nach rechts führte ein Gang in ein leeres Besprechungszimmer. Hinter geschlossenen Türen, dunkel und massiv, verbargen sich gewiss die Büros der Anwälte. An einem Pult saß ein junger Mann mit Halbglatze, einen Monitor knapp vor der hohen Stirn. Schräg dahinter, mit Blick aus dem einzigen Fenster, saß eine braunhaarige Frau an einem Schreibtisch, ebenfalls einen Monitor vor sich. Der junge Mann blickte auf.

„Haben Sie einen Termin?"

Falk hielt ihm seinen Ausweis vors Gesicht.

„Mit wem wollen Sie sprechen? Dr. Votzi ist bei Gericht."

„Mit Frau Baumeister."

Die Frau am Schreibtisch wandte den Kopf.

„Mit mir?"

„Gibt es einen Ort, an dem wir alleine reden können?"

Sie blickte zu ihrem Kollegen.

„Ist ein Meeting angesetzt?"

Der Mann ließ die Finger über die Tastatur huschen und sagte: „Erst um 16 Uhr."

Die Brünette erhob sich und ging an Falk vorbei in Richtung Besprechungszimmer.

„Kommen Sie."

Sie trug ein strenges, schmuckloses Kostüm mit halbhohen Schuhen und schaffte es trotzdem, den Eindruck zu erwecken, als ob sie über einen Laufsteg wandelte. Sorgfältig schloss sie die Tür und bot ihm einen Platz an dem langen Konferenztisch an.

„Kommen Sie wegen des Doppelmords?"

Sie war nicht einfach hübsch, wie es viele junge Frauen sind, sondern von einer geradezu klassischen Schönheit. Große, graue Augen, makellose Haut, perfekt geschwungene Lippen, alle Proportionen stimmten. Dennoch war es kein anziehendes Gesicht, was vielleicht an der Anspannung lag, die sie offensichtlich empfand.

„Sie haben mich erwartet?"

„Ich bin nicht überrascht. Ich habe mich in den letzten Tagen mit Dirk Karmann getroffen, den Sie bestimmt schon befragt haben."

Nur hatte Karmann, der Gelbe, Flora nicht erwähnt, bevor er nicht direkt auf sie angesprochen wurde. Auch dann hatte er nicht viel gesagt, wie Falk aus dem letzten Bericht wusste.

„Wollte er mich als Alibi angeben?", fuhr sie fort. „Wann ist der Mord geschehen?"

„In der Nacht von Dienstag auf Mittwoch zwischen 0 und 2 Uhr."

„Da war ich zu Hause. Allein."

„Haben Sie ihn nicht erst gestern näher kennengelernt?"

Sie hob die Augenbrauen.

„Ja. Sie haben recht. In gewisser Weise kenne ich ihn aber schon seit einigen Tagen."

Nun zog der Chefinspektor fragend die Brauen hoch. Ein Hauch von Röte stieg in ihre Wangen.

„Ich habe ihn auf dem Gerüst beobachtet. Er hat mich fasziniert, deshalb bin ich ihm zwei- oder dreimal gefolgt. Doch ich brachte es nicht über mich, ihn anzusprechen."

„Gestern hat er Sie angesprochen."

„Ja."

„Gab es dann eine Auseinandersetzung?"

„Behauptet er das?", fragte sie ärgerlich. „Das ist Unsinn. Er wirkte so desinteressiert, dass ich momentan wütend wurde. Manchmal geht das Temperament mit mir durch, nichts weiter."

„Kannten Sie die Mordopfer?"

„Vielleicht habe ich sie durch Zufall einmal auf der Straße gesehen. Von meinem Arbeitsplatz blickt man zum Haus, aber nur auf den oberen Teil. Um den Eingang zu beobachten, müsste man direkt am Fenster stehen. Dazu fehlt mir die Zeit."

„Werden Sie ihn wieder treffen?"

„Hat das mit Ihren Ermittlungen zu tun?"

„Momentan hat alles damit zu tun."

„Wir werden uns wieder treffen."

„Sind Sie verliebt in ihn?"

„Das muss ich nicht beantworten!"

Falk erhob sich.

„Kennen Sie jemanden aus dem Mordhaus?"

Sie stand ebenfalls auf, geschmeidig und selbstbewusst.

„Nein. Mir ist auch Dirk nur aufgefallen, weil er draußen arbeitet. War es das?"

„Fürs erste."

Der Mann hinter dem Pult erwiderte Falks Nicken, ehe seine Finger erneut über die Tastatur rasten.

39

Seit dem stürmischen Auftritt des Professors hatte sich Oberst Prettner, der sonst gerne überraschend in den Büros auftauchte, nicht mehr bei seinen Leuten gezeigt. Seine Tür war nur angelehnt, als Falk ins LKA zurückkehrte, doch sie öffnete sich punktgenau bei seinem Vorübergehen. Prettner feixte, als ob es sich um den größten Zufall handelte.

„Na, Chefinspektor, wie weit sind wir gekommen?"

„Im Mordfall, Oberst? Alle Untersuchungen sind eingeleitet, die Hausparteien und Nachbarn wurden vernommen …"

„Aber nein", unterbrach Prettner ungeduldig. „Ich meine die Unterlagen fürs Ministerium. Ich stehe schließlich im Wort."

Falk benötigte einige Sekunden, um sich klarzumachen, wovon der Oberst sprach. Das orange Kuvert! Wenn er sich recht erinnerte, hatte er es zuletzt auf Lachers Schreibtisch gesehen, unmittelbar vor seinem ersten Besuch im Fingerhaus.

„Die Materie ist sehr komplex, Oberst. Und da ich weiß, wie wichtig die Angelegenheit für Sie ist …"

Die erwartete Unterbrechung erfolgte prompt.

„Nicht für mich, Chefinspektor. Für die Effizienz der Verwaltung insgesamt. Sie glauben gar nicht, wie sehr das der Frau Minister am Herzen liegt. Eben erst hatte ich die Gelegenheit, persönlich mit ihr zu sprechen."

Falk legte alle Bewunderung in seinen Blick, die ihm noch zur Verfügung stand. Der Vorrat war begrenzt.

„Wir bemühen uns, Oberst. Der Doppelmord kostet natürlich Zeit, aber …"

Die aufsteigende Röte in Prettners Gesicht zeigte an, dass der Chefinspektor sich zu weit vorgewagt hatte.

„Selbstverständlich genießen die Ermittlungen höchste Priorität! Man sollte allerdings annehmen, dass mit etwas gutem Willen auch das Effizienzprogramm vom Fleck kommt."

„Gewiss."

„Gut!", schnaubte der Chef des LKA und verschwand wieder in seinem Büro. Vermutlich hat er den Präsidenten in der Schleife, mutmaßte Falk. Oder wenigstens einen Bundesrat. Er vergaß das orange Kuvert und versuchte sich an einen Satz zu erinnern, den irgendjemand während der letzten zwei, drei Tage geäußert hatte. Ein an sich unbedeutender Satz, der aber eine Assoziation hatte anklingen lassen, die nicht zur Welt gekommen war. Ein ungelegtes Ei, das wichtig sein mochte. Nun forschte er in seinem Gedächtnis, um der Assoziation mit dem Wortlaut des Satzes wieder auf die Sprünge zu helfen. Vergeblich.

Die nächsten Stunden verbrachte Falk damit, Berichte durchzulesen und selbst welche zu verfassen, was ihn schließlich in einer logischen Gedankenverknüpfung zur Frage der Effizienzsteigerung zurückführte. Er wählte Lachers Handynummer.

„Ja?"

„Kannst du dich an die Fragebögen vom Ministerium erinnern?"

„Nein", antwortete sein Stellvertreter automatisch. „Doch", verbesserte er sich nach einer Pause. „Ich habe den Mist Sorcek gegeben."

Kurz darauf präsentierte Inspektor Sorcek Falk eine Liste.

„Ich habe einen Tag lang die Formulare entsprechend den Vorgaben ausgefüllt. Es hat mich knapp unter zwei Stunden gekostet. Eine Stunde 58."

„Also zwei Stunden. Und Sie sind ein schneller, genauer Arbeiter. Andere brauchen bestimmt länger."

Sorcek stimmte zu. Falk sah beim Fenster hinaus. Er sah ein Stück Himmel, Beton und den mächtigen Ast eines alten Baumes.

„Man könnte das in Überstunden umrechnen, oder?"

„Für die gesamte Abteilung und den vorgesehenen Zeitraum?"

„Das liegt nahe."

„Ich mache mich gleich an die Arbeit. Haben Sie den Schlussabsatz gelesen?"

„Nein."

Sorcek reichte ihm ein Blatt Papier mit einem grün markierten Absatz. Falk las ihn.

„Die Farbe der Hoffnung. Das haben Sie gut gewählt."

Die Bullen tauschten einen Blick wortlosen Einverständnisses, gewürzt mit einer Prise Bosheit.

Falk hatte tagsüber kaum etwas gegessen. Beim Aufbruch begegnete er Inspektorin Schilling im Gang und fragte spontan: „Haben Sie Lust auf einen Imbiss, ein Glas Wein, mich auf der Stelle im Erdboden versinken zu sehen?"
„Mir tun die Füße weh, Chefinspektor. Und ich würde gerne einmal in Ihrem Fiat mitfahren. Mit ein bisschen Fantasie könnte man sagen, dass ich auf Ihrem Heimweg liege."
Er eilte vor ihr her, was ziemlich unhöflich war, doch er wollte unbedingt vermeiden, dass sie von seinen roten Wangen seine Gedanken ablesen konnte.
Falk steuerte den Cinquecento direkt vor die Tür des lang gestreckten Wohnblocks östlich des Klinikums. Sie stieg nicht gleich aus, wie er erwartet hatte, stattdessen fühlte er ihre Hand auf seiner Schulter. Ein angenehmes Gefühl. Sie besaß auch eine angenehme Stimme.
„Seit Tagen sehen Sie mir nicht in die Augen, Chefinspektor – oder vielmehr ganz anders als zuvor. Und Sie sind völlig verkrampft."
Er sagte in scherzhaftem Ton: „Das merken Sie? Nichts brauchen wir jetzt dringender als ein Medium."
Sie ging nicht darauf ein.
„Wollen Sie darüber reden?"
Wollte er? Was dachte sie denn? Er fühlte wie sein Kopf erneut heiß wurde. Über solche Dinge wollte er nie reden, sein ganzes Leben nicht. Mit unangenehmer Eindringlichkeit tauchten Szenen aus seinem Gedächtnis auf, in denen er nicht geredet oder aber genau das Falsche gesagt hatte. Ihre Hand knetete beiläufig seine Schultermuskulatur, die ihm plötzlich selbst wie versteinert erschien. Willenlos, eigentlich gegen seinen Willen, stieg seine innere Landschaft vor ihm auf. Den See gab es noch, doch er war viel heller, auch nicht mehr grenzenlos tief. Ein klarer, smaragdgrüner Gletschersee inmitten der Wüste. Er fragte sich, ob der große Fisch noch darin schwamm. In der Wüste zeigten sich grüne Flecken.

„Ich will darüber reden", hörte er sich sagen und glaubte im selben Moment, er habe sich verhört. Es folgte eine Pause, scheinbar endlose Sekunden in einem trägen Plasma, das Falk in Hochspannung versetzte. Sie schien es nicht zu bemerken. Mit unveränderter Stimme fragte sie: „Mögen Sie Terrinen?"
„Was?"
„Die Mosaikscheibchen aus Fleisch oder Gemüse, die oft als Gruß aus der Küche serviert werden."
„Pasteten?"
„Ja, so ähnlich."
Er drehte sich zu ihr und berührte kurz ihre Hand.
„Wissen Sie Inspektorin, ich sage oft das Falsche. Aber Pasteten mag ich."
Sie lächelte ihn an.
„Gehen wir."
Ihre Wohnung überraschte Falk. Schilling führte ihn durch einen ganz konventionellen Vorraum, der in ein großzügiges japanisches Wohnzimmer mündete. Bambusmatten bedeckten den Boden, in der Mitte stand ein sehr niedriger Holztisch, eine bewegliche Wand aus Holz und mattem Glas trennte das Schlafzimmer ab. Ein Element stand offen, sodass er das ebenfalls sehr niedrige, mit einem lindgrünen Überwurf geschmückte Futonbett sah, neben dem sich Bücher stapelten. Die Wände bestanden aus hohen, hellbraunen Holzrahmen, die teils in neutralem Naturweiß, teils mit einem Blütenmuster bespannt waren. In einem Eck stand ein gefältelter Wandschirm, der riesige schwarze Drachen mit langen roten Zungen zeigte. Dahinter verschwand sie, um wenige Momente später in einem blauen Seidenkimono mit großen, weißen Blüten wieder aufzutauchen. Sie hatte ihr Haar in Windeseile hochgesteckt.
„Setzen Sie sich", forderte sie ihn auf. „Ich bin gleich wieder hier."
Falk ließ sich ein wenig unbeholfen auf einen der flachen, blauen Pölster sinken, die an den Längsseiten des Tisches lagen und war immer noch überrascht davon, wie wenig er

von seinen Mitarbeitern wusste. Nie im Leben wäre er auf die Idee gekommen, dass Inspektorin Schilling sich in ihrem privaten Leben binnen Sekunden in eine zierliche Japanerin verwandeln würde. Wie mochte es in den Wohnungen der anderen aussehen? Schliefen sie in Hängematten oder Himmelbetten oder auf dem Nagelbrett eines indischen Fakirs?

Er hörte Wasser fließen und ihre Stimme, die ihm zurief: „Du kannst ruhig rauchen. Ein Aschenbecher steht im Schrank!" Aber da er schon auf dem Boden saß, verzichtete er darauf. Einige Minuten später kehrte sie zurück, barfuß jetzt, und setzte ein mit kleinen Tellern und Schüsseln beladenes Tablett ab. Sie kniete sich neben ihn vor den Tisch und verteilte das Geschirr. Unter der Seide zeichneten sich ihre Brüste ab. Er berührte sacht ihren Nacken und registrierte ihr leichtes Erschauern. Ein lustvolles Erschauern, kein erschrockenes. Seine Hand strich über ihre Unterschenkel und hob den Kimono. Sie räkelte sich wie die schwarzen Drachen sich räkeln mochten, wenn sie nachts zum Leben erwachten, die Seide rutschte über ihre Schultern und ihren Rücken. Sie wandte sich ihm zu und beobachtete ängstlich, ob er ihren Körper auch hübsch fand. Er fand ihn hübsch. Sie fühlte es, lächelte und zog ihn aus. Dann schob sie zwei der Pölster hinter seinen Rücken und drückte ihn auf den Boden. Mit sparsamen Bewegungen gab sie den Rhythmus vor, während sie ihren Mund auf seinen drückte und jeden Stoß, den er ihr versetzte, mit einem Stoß ihrer Zunge erwiderte.

Sie aßen. Sie fütterte ihn mit Terrinenstückchen, die sie in pikante Soßen tippte, mit eingelegten Pilzen, Oliven, Zwiebeln, Paprika, Weißbrot … Dazu flößte sie ihm Pflaumenwein ein, den er seit vielen Jahren nicht mehr getrunken hatte.

Sie liebten sich auf dem Futonbett und später noch einmal in der Küche, als sie den Geschirrspüler einräumte und er nicht widerstehen konnte. Er schnitt sich selbst ein Gesicht in einer der spiegelnden Metallflächen, als er merkte, dass er ziemlich zufrieden mit sich war.

Lange nach Mitternacht lenkte Falk den kleinen roten Fiat 500 durch schlafende Straßen, vorüber an schlafenden Häusern. Er empfand kein schlechtes Gewissen. Er fühlte sich satt und entspannt und in einem Zustand träger Verwirrung. Mit hellwachen, weiblichen Instinkten hatte Inspektorin Schilling – Hanna – sein Verlangen, sie an jenem Tag im Büro in den Nacken zu küssen, bereits geahnt, noch ehe er sich selbst vom Blitz getroffen fühlte und tagelang dachte, sie habe nichts gemerkt.

Sam stand auf und begrüßte ihn gähnend, ehe er sich wieder auf sein großes Kissen im Vorraum fallen ließ. Monika wachte nicht auf, als er sich, ohne Licht zu machen, niederlegte. Im Morgengrauen schreckte er aus einem verstörenden Traum hoch. Falk versuchte, ihn festzuhalten, doch er löste sich auf wie ein Spiegelbild in einem ruhigen Teich, wenn ein Windstoß darüber bläst. Übrig blieb eine beunruhigende Frage: Hast du dich verliebt?

In den Büros und Gängen des LKH verbreitete sich die
Nachricht wie ein Lauffeuer. Chefinspektor Falk erfuhr es als
einer der letzten. Inspektor Prüller konnte sich ein hämisches
Grinsen nicht verbeißen, als er in sein Büro kam, vorgeblich,
um einen Bericht abzugeben.
„Haben Sie es schon gehört?"
Er blickte Prüller fragend an.
„Gestern am späten Nachmittag wurde eine Streife alarmiert.
Tätliche Auseinandersetzung in Viktring, Otto-Reisinger-
Straße."
Falk erstarrte. Lacher wohnte in der Otto-Reisinger-Straße.
„Genau was Sie denken", feixte Prüller. „Die Ehefrau trug
eine blutige Schramme davon, der Chefinspektor saß am
Küchentisch und starrte die Wand an, der Sohn stand
kreidebleich im Flur. Er hatte die Polizei gerufen. Die
Kollegen staunten nicht schlecht, als sie die Personalien
aufnahmen."
In Falk stieg kalte Wut hoch. Eine Wut, die er kannte und
selbst fürchtete. Er sprang hoch und machte drei Schritte auf
Prüller zu, der unwillkürlich zurückwich.
„Es ist besser, Sie gehen jetzt, Inspektor. Sonst tragen Sie
selbst noch eine Schramme davon."
Sein Untergebener öffnete den Mund und schloss ihn wieder.
Trotzig hob er die Achseln, machte aber gleichzeitig eine
rasche Drehung und verließ das Büro. Falk setzte sich wieder
und atmete eine Minute lang tief durch. Dann drückte er die
Sprechtaste und rief Schilling zu sich. Ihr stilles, ovales
Gesicht wirkte noch ernster als sonst.
„Du hast es gehört", stellte sie fest. „Prüller?"
„Er platzt beinahe vor Schadenfreude. Leider nur fast. Ich
habe ihn hinausgejagt, bevor er mit seinem Jubelbericht fertig
war. Wie ist der Stand?"
„Es gibt keine Anzeige. Frau Lacher versicherte den
Kollegen, dass sie nur ausgerutscht und gegen die

Arbeitsplatte gefallen sei. Ihr Sohn habe die Lage falsch eingeschätzt."
„Lacher?"
„Äußerte sich nicht. Ebenso wenig der Sohn."
Falk versuchte, seinen Freund am Handy zu erreichen, kam aber nur zur Sprachbox und hinterließ eine Nachricht.
„Kann ich etwas tun?", fragte Schilling.
Sie sahen einander in die Augen und versuchten die Gedanken des jeweils anderen zu lesen. Was denn tun, dachte Falk, es ist eine schiefe Ebene, ein Teufelskreis, der Fahrt aufnimmt. Vielleicht geht es uns gerade ebenso. Nickte sie etwa?
In dem Moment trat Lacher ein. Er trug eine große Reisetasche in der Hand und dunklere Ringe unter den Augen denn je. Sein gebräunter Teint wirkte, als habe jemand versucht, ihn mit einer durchscheinenden, grauen Schuhcreme abzudecken. Er stellte die Tasche auf seinen Schreibtisch. Inspektorin Schilling verschwand lautlos aus dem Raum.
„Was soll das?", fragte Falk mit einem Wink zur Tasche.
„Ich habe den Dienst quittiert. Jetzt packe ich meine persönlichen Sachen. Gut, dass du hier bist – kannst später bezeugen, dass ich wirklich nur private Gegenstände mitnehme."
„Wieso quittiert? Es gibt nicht einmal eine Anzeige."
Lacher öffnete Schubladen und legte einige Dinge auf die Schreibtischplatte: einen elektrischen Rasierer, zwei halbvolle Flaschen Rasierwasser, eine kleine Ledertasche, einen Flachmann ...
„Das ist mir egal. Maja hat mich rausgeworfen, aber darum geht es auch nicht."
„Worum geht es dann? Um das Gerede?"
Sein Freund betrachtete ihn aus trüben Augen.
„Viel schlimmer. Es geht darum, dass ich mich nicht erinnern kann. Ich weiß nicht, was geschehen ist. Blackout."
„Warst du betrunken?"

„Nein", flüsterte Lacher. „Beinahe nüchtern, trotzdem
Filmriss, Kontrollverlust. So kann ich als Bulle nicht
herumlaufen, verstehst du?"
Falk verstand, er überlegte. Er schlug vor: „Eine Therapie
wegen Burnouts?"
Sein Stellvertreter räumte den Tisch weiter aus, ohne
aufzusehen.
„Kein Burnout, Rainer. Ein Blackout."
Falk zuckte zusammen, weil sie sich nie beim Vornamen
nannten, obwohl sie sich seit vielen Jahren duzten. Sie redeten
sich seit eh und je auf kumpelhafte Art mit Nachnamen an:
du, Falk … du, Lacher. Der Vorname besaß eine andere,
irgendwie alarmierende Bedeutung.
„Wie hat der Oberst reagiert?"
Die Frage entlockte Lacher ein knappes Lächeln.
„Aufgeregt. Das gehe nicht so einfach. Das müsse man
begründen. Das könne Aufsehen erregen. Da müsse er sich
erst besprechen. Ich habe ihm natürlich nichts erklärt. Er griff
zum Hörer und ich bin gegangen."
„Wo willst du jetzt hin?"
„Keine Ahnung. Erst einmal raus hier."
Mit schnellen Handgriffen füllte er die Reisetasche und hob
sie vom Tisch. Falk stand auf.
„Ich begleite dich."
„Wohin?"
„Zu mir. Du kannst für ein paar Tage die obere Wohnung
nehmen. Die Kinder kommen erst Mitte Juli."
„Danke, Falk."
Die neugierigen Blicke der Kollegen folgten ihnen, als sie das
Gebäude verließen, doch niemand sagte ein Wort.

Die Zeitung lag aufgeschlagen auf dem Tisch. Ein Mann saß davor und las den kurzen Artikel im Lokalteil zum dritten oder vierten Mal.

Neue Entwicklung bei den Penthouse-Haschern?
Es wird kolportiert, dass im Fall der jungen Gymnasiasten,
die auf einer großen Dachterrasse in der Innenstadt eine
umfangreiche und, wie man hört, höchst professionelle
Hanfzucht aufgezogen haben, Zweifel an der Alleintäterschaft
bestehen. Der Sprecher des LKA hüllt sich zwar in das übliche
, ermittlungstaktisch gebotene' Schweigen, doch unter der
Hand wird angedeutet, dass sich in den Vernehmungen die
Hinweise auf einen oder mehrere Hintermänner verdichtet
haben. Zumindest einer der Beschuldigten scheint die bislang
so einheitliche Aussage der , Balkon-Gärtner' also nicht mehr
mittragen zu können oder zu wollen.

Der Mann dachte nach. Schließlich öffnete er eine Schublade, in der mehrere Handys lagen, teilweise aus vorsintflutlichen Zeiten – was bedeutete, dass sie älter als zwölf Monate waren – und wählte ein nicht registriertes Modell. Es wies zudem den Vorteil der denkbar geringsten Qualität auf. Nicht einmal seine eigene Mutter hätte seine Stimme erkannt. Er gab eine Nummer ein.
„Hast du die Zeitung gelesen?", fragte er nach einer Weile und ließ dem anderen kaum Zeit für eine Antwort.
„Ich habe euch gewarnt, sie sind auf dem Weg. Wie geht es deiner Schwester?"
Wieder horchte der Mann nur ganz kurz zu und sagte dann schroff: „Es gibt einen Ausweg. Du kennst ihn. Warte nicht zu lange."
Damit brach er das Gespräch ab.

Marcus wühlte in der Nachttischlade seiner Mutter und fand
an die 40 Schlaftabletten, die Beipackzettel übersät mit
Warnhinweisen wie eine weiße Tischplatte mit Fliegendreck.
Er nahm sie mit ins Wohnzimmer und öffnete die Bar. Eine
Lampe schaltete sich ein, ganz automatisch betrachtete er sich
im Spiegel. Sein junges Gesicht wirkte alt und müde,
überzogen mit Tränenspuren, die er sorgsam abwischte. Er
wählte den teuersten Whisky und ein großes Kristallglas.
Beides stellte er auf das Tischchen neben der Balkontür, die
rosaroten, blauen und lindgrünen Pillen legte er in eine
Porzellanschale, die immer mit Salzmandeln gefüllt wurde,
wenn seine Eltern Besuch erwarteten. In diesen Minuten
klapperten sie bestimmt die Sehenswürdigkeiten Londons ab,
nur nichts versäumen auf der lange geplanten Reise, die man
nicht wegen dieser blöden Geschichte absagen wollte. Dabei
hatten sie zuvor gedroht, ihn keine Sekunde mehr allein zu
lassen.
„Sei froh, dass Sissi mit ihren Eltern geredet hat, wenn du
schon nicht zu uns gekommen bist."
Marcus war nicht froh. Er hatte sich seiner besten Freundin
gegenüber verplaudert und sie war überzeugt gewesen, das
Richtige zu tun. Sie hätte es nicht getan, wenn sie alles
gewusst hätte – aber wem konnte er denn alles erzählen?
Gewiss nicht Sissi.
Seit sie den Kräutergarten hatte auffliegen lassen, erwartete er
die Katastrophe, ohne eine genaue Vorstellung davon zu
haben, in welches Gewand sie sich kleiden würde. Dann
folgte der Anruf. Danach schaltete er sein Handy ab und warf
es in den Papierkorb. Nicht mehr wichtig.
Er fühlte eine seltsame Ruhe in sich, schenkte das Glas halb
voll, leerte es in einem Zug und schnappte nach Luft. Als er
wieder zu Atem kam, trug er die dicken, dunkelbraunen
Sitzpölster der Ledergarnitur auf den Balkon und ordnete sie
seinem Plan gemäß an. Marcus ahnte nicht, dass seine Eltern,

von Sorgen und Selbstvorwürfen geplagt, den Urlaub abgebrochen und den nächstmöglichen Rückflug gebucht hatten. Nach der Landung in Wien nahmen sie den Zug nach Klagenfurt und saßen in diesem Moment in einem Taxi, das sie vom Bahnhof zur Wohnung brachte. Ein harmloser Zusammenstoß eines ausparkenden Wagens mit einem Bus der Stadtwerke verzögerte ihre Fahrt.

Marcus, angefeuert vom Schnaps in seinem Magen, schluckte mit reichlich Whisky Pille um Pille. Schale und Flasche leerten sich. Er fühlte sich gut, mutig und frei. Er hätte auf der Stelle umfallen mögen vor lauter Freiheit. Doch da gab es noch etwas zu erledigen: die Himmelsstiege. Marcus taumelte auf den Balkon und konzentrierte sich auf die breiten Lederstufen, die bis knapp unter das hüfthohe Geländer führten. Er kapierte gleich, dass er es in seinem Zustand nur mit viel Schwung schaffen würde.

Die Mutter lief die Treppen hoch, getrieben von einer Angst, die ihr selbst unerklärlich war, während der Vater sich noch um das Gepäck kümmerte. Sie stürmte in die Wohnung und erfasste die Situation mit einem Blick: den Balkon mit den zu einer Treppe gestapelten Kissen, Marcus, der auf diese Rampe zulief. Ohne einen Augenblick nachzudenken, packte sie ihre Handtasche und schleuderte sie auf ihren Sohn. Der Stoß genügte, um ihn aus seinem unsicheren Gleichgewicht zu bringen. Er stolperte und stürzte mit voller Wucht auf die Konstruktion aus Lederkissen. Mit seinem Kopf verlängerte er den Flug der Tasche über das Geländer hinaus. Zierlich wie sie war, hob die Mutter ihn an und schleppte ihn in das Zimmer. Sie schien alles auf einmal zu sehen und zu begreifen: Whiskyflasche und Glas, aufgerissene Medikamentenpackungen und den in die Ferne gerichteten Blick ihres Sohns.

Die Tasche landete schwer auf dem Gehsteig, direkt neben Marcus' Vater und dem Taxifahrer. Die Männer blickten sich kurz an und begannen, die Treppen nach oben zu laufen. Sie fanden die Frau, die den halb bewusstlosen Jungen mit einem

Löffelstiel zum Erbrechen reizte und ohne aufzusehen ihre Kommandos gab.

„Notarzt und Rettung. Lebensgefahr durch Alkohol- und Medikamentenvergiftung."

Marcus' Vater wählte den Notruf.

Der Taxifahrer murmelte: „Ich hole Ihr Gepäck."

Als Hilfe eintraf, lag Marcus in der stinkenden Lache seines Mageninhalts und wurde durch die harten Ohrfeigen seiner Mutter daran gehindert, in die Bewusstlosigkeit abzugleiten.

Der Arzt musterte die Brühe, in der Dutzende halb aufgelöste Pillen schwammen.

„Wenn er überlebt, hat er es Ihnen zu verdanken", sagte er.

„Er hatte mir das Leben schon einmal zu verdanken", erwiderte sie rau vor Wut und Verzweiflung. „Ich lasse nicht zu, dass er es fortwirft."

Aufgrund einer Häufung von Gedankenlosigkeiten und Missverständnissen erfuhr Miami erst einen Tag später, was vorgefallen war.

45

Wie schon unzählige Male zuvor stand er wieder in der Kammer über den Ställen und blickte aus dem schmalen Fenster in den von hohen Mauern umrandeten Hof mit dem weißen Springbrunnen. Vier bewaffnete Männer in gelben Burnussen traten aus dem Säulenportal und stiegen in die Stretchlimousine. Das Stahltor, das den Hof von der Außenwelt abschloss, glitt zur Seite, die Limousine verschwand aus seinem Blickfeld. Zwei Dinge waren in all den Jahren, die er hier lebte, nie vorgekommen: dass alle vier Leibwächter gemeinsam wegfuhren und dass sich das Tor nicht sofort wieder schloss. Es stand nach wie vor offen. Der Wind nützte die seltene Gelegenheit und wehte feinen, rötlichen Sand durch die Öffnung. Starr wie eine Statue blieb er auf seinem Platz stehen und beobachtete den ungeschützten Hof, der wie ausgestorben dalag und ebenfalls zu warten schien. Nach einer halben Stunde kam neue Bewegung auf. Die älteste Tochter lief zu den Garagen, und kehrte gleich darauf am Steuer des silbergrauen Bentleys zurück. Vor dem säulengeschmückten Eingang rollte der Wagen aus. Sie begann wie verrückt zu hupen. Der Herr trat heraus, hinter ihm seine beiden Lieblingsfrauen, die jüngere Tochter und der Sohn. Sie trugen ihr Gepäck selbst. Das war das dritte nie da gewesene Ereignis binnen kürzester Zeit. Wenig später schoss der Bentley durch das Tor, noch immer gesteuert von der Tochter – Einmaligkeit Nummer 4.
Der Boss hatte den Konflikt also nicht lösen können, der Gegner war übermächtig. Die Leibwächter mussten eine sehr eindeutige Warnung erhalten haben.
Nun setzte der Exodus der Bediensteten ein. Sie schleppten aus dem Haus so viel sie tragen und in die restlichen Fahrzeuge hineinstopfen konnten. Sie hatten es sehr eilig. Als auch diese Gruppe verschwunden war, wusste er, dass ihm nur wenig Zeit blieb. Er packte den schweren Metallständer der Boxbirne und schwang ihn gegen das Türschloss. Beim dritten

Hieb zerbarst es. Obwohl er nicht mehr zuschlug, hörte das leise Klopfen gegen das Fenster nicht auf. Er schreckte aus dem Schlaf hoch. Jemand pochte mit dem Finger gegen die Scheibe. Dunkle Wolken hatten sich vor den Mond und die Sterne geschoben, an dieser Seite des Hauses war es stockfinster. Doch es lag Ewigkeiten zurück, seit er das letzte Mal Angst empfunden hatte. Er trat ans Fenster, das durch dünne Sprossen in vier Rechtecke geteilt wurde. Das untere, linke Rechteck zersplitterte, Scherben fielen auf seine Füße.

46

„Ich muss Ihnen etwas gestehen."
Die Worte kamen dem hünenhaften Deutschen mit spürbarem
Widerwillen über die Lippen. Der Chefinspektor machte es
ihm nicht leichter. Schweigend wartete er ab. Bönisch war
kurz nach neun aufgetaucht. Wegen einer Besprechung
musste er eine Stunde warten. Nun saß er neben dem
Schreibtisch und bemühte sich, den roten Faden seiner
Geschichte zu entwirren.
„Der Finger könnte mit mir zu tun haben. Ich bin mir nicht
sicher."
Falk hob ein wenig die Augenbrauen, schwieg aber beharrlich
weiter.
„Verdammt!", explodierte Bönisch mit einem Mal. „Ich
konnte nicht ahnen, dass er es so weit treiben würde!"
„Wer?"
„Der Kerl mit dem Zitronenhaar. Er heißt übrigens
Wojciechowski, Dirk Wojciechowski."
„In seinem Pass steht Dirk Karmann", merkte Falk ohne
besondere Überraschung an.
„Ja, stimmt. So hieß Pia, seine Frau. Sie haben sich bei der
Heirat darauf geeinigt. Dirk war es schon lange leid, den
Leuten zu erklären, wie man Wojciechowski richtig schreibt
und ausspricht."
„Was wissen Sie über den Finger?"
Bönisch starrte auf seine eigenen großen Hände.
„Nichts Genaues. Es könnte ihrer sein. Es ist eine lange
Geschichte."
Er überlegte noch immer, wie er sie beginnen sollte.
„Dirk und ich waren Freunde, beste Freunde. Wir haben uns
beim Fußball kennengelernt, bei einem Turnier für
Schulmannschaften. Er war mit seinen Eltern nach der Wende
nach Frankfurt gezogen. Wir brannten beide vor
Unternehmungslust. In den Ferien trampten wir gemeinsam
durch Europa, nach dem Abitur rund um die Erde, zwei Jahre

lang. Zwischendurch jobbten wir, dann ging es weiter. Dabei entwickelten wir den Plan für ein besonderes Reisebüro, für etwas ganz Neues. Sofort nach unserer Rückkehr stürzten wir uns ins Geschäftsleben. Alle prophezeiten uns ein böses Erwachen, aber wir kämpften rund um die Uhr wie junge Tiger. Wir fegten alle Hürden aus dem Weg: die Bürokraten in den Ämtern, die naserümpfenden Schnösel in den Banken, die wohlmeinenden Bekannten und Verwandten. Es lief von Beginn an gut, weil wir stark genug waren, um es zu erzwingen. Vor acht Jahren tauchte Pia auf."

Er lehnte sich zurück und blickte aus dem Fenster in den bewölkten Himmel, als ob das nüchterne Büro zu eng wäre für seine Erinnerung.

„Sie war umwerfend. Ich war nie zuvor einem so lebendigen Menschen begegnet. Sie sprühte vor Lebensfreude. Ihr Lachen, ihre Bewegungen, ihre Stimme. Sogar wenn sie still dasaß und nur zuhörte, blitzten und funkelten ihre Augen wie ein ewiges Feuerwerk."

„Sie verliebten sich in sie."

„Wir verliebten uns beide. Sie entschied sich für Dirk. Nicht gleich … Aber als sie merkte, dass es auch für sie etwas Tiefes und Ernstes bedeutete, wählte sie ihn."

„Ein harter Schlag."

Bönisch sah dem Chefinspektor in die Augen.

„Bei mir reichte es nie so tief. Außerdem bin ich ein Sportsmann im altmodischen Sinn. Ich vergönnte den beiden ihr Glück. Ich war sein Trauzeuge."

„Was passierte dann?"

„Dirk war ein wilder Hund mit ganz eigenen Vorstellungen von Flitterwochen. Wir organisierten eine Tour, die von Aden über Sana'a, das Rote Meer, Eritrea und Khartoum führte. Von dort wollten sie entlang des Nils bis ans Mittelmeer. Doch sie sollten den Jemen nicht verlassen. Es wurde nie geklärt, was genau geschah. Ihre einheimischen Führer berichteten zuerst von einem Unfall, bei dem Pia ums Leben kam. Die Führer retteten sich mit knapper Not, Dirk blieb

155

verschollen. Später änderten sie ihre Aussage und
behaupteten, Dirk habe seine Frau getötet. Darüber seien sie
mit ihm in Streit geraten und er habe sie verjagt."
„Hat man die Leiche gefunden?"
„Nein. Offiziell wurde nie etwas bekannt gegeben, ein hieb-
und stichfester Beweis für ihren Tod fehlt bis heute. Auch er
blieb spurlos verschwunden."
„Sie könnte noch leben?"
Bönisch hatte sich die Frage bestimmt schon selbst gestellt.
Entschieden schüttelte er den Kopf.
„Ich glaube es nicht. Es ist ein Wunder, dass Dirk lebt."
„Seltsam, dass Interpol diese Geschichte bei meiner Anfrage
nicht einmal erwähnte."
„Er reiste noch unter seinem alten Namen. Außerdem gab es
weder Opfer noch eine Lösegeldforderung."
„Was haben Sie unternommen?"
„Alle Nachforschungen angestellt, die mir möglich waren. Die
Führer hatten die Gegend verlassen. Ich habe die Botschaft
eingeschaltet. Die örtliche Behörde ermittelte eine Weile, fand
aber nichts oder mochte nicht mehr. Auch bei uns
verschwinden täglich Menschen, ohne eine Spur zu
hinterlassen. Niemand weiß, ob es ein Unfall war oder ein
Verbrechen."
„Und plötzlich taucht Ihr Freund wieder auf. Wann haben Sie
ihn erkannt?"
„Das mit dem Erkennen ist so ´ne Sache", murmelte der
Deutsche. „Sie dürfen nicht vergessen, dass ich jahrelang von
seinem Tod überzeugt war und mir die Bauarbeiter kaum
angesehen habe. Er hat sich sehr verändert. Ich habe ein Foto
mitgebracht."
Er nestelte das Bild aus seinem Sakko und reichte es Falk. Es
war ein Hochzeitsfoto und man konnte nicht anders, als die
Braut bewundern, die unwiderstehlich den ersten Blick auf
sich zog. Sie war nicht nur eine blonde Schönheit, sie strahlte
tatsächlich vor Glück und Leben, sie verkörperte beides. Der
lächelnde Bräutigam war ein gut aussehender Mann, beinahe

einen Kopf größer als sie und schien dennoch in der zweiten Reihe zu stehen. Er mochte es selbst wissen, weil er den Eindruck erweckte, als könne er gar nicht glauben, diese Frau für sich gewonnen zu haben. Braunes, gewelltes Haar fiel ihm auf die Schultern, ein sorgfältig gestutzter Bart, etwas dunkler als das Haupthaar, bedeckte Wangen und Kinnpartie. Ohne eitel zu wirken, hätte er mit seinem Aussehen gut nach Hollywood gepasst. Falk erkannte ihn nur an Mund und Augen, denn von der dunklen Lederhaut und dem kurzen Zitronenhaar des Gelben fanden sich noch keine Anzeichen.

„Das ist er. Wann haben Sie es bemerkt?"

„Am Dienstag, unmittelbar nach unserem zweiten Gespräch. Sie gingen in die Trafik, ich wollte zum Alten Platz, da sprang er plötzlich vom Gerüst. Ich weiß nicht, ob er auf mich gewartet hatte. Für ein oder zwei Sekunden standen wir uns gegenüber, er lächelte spöttisch, als er mein zerschundenes Gesicht musterte, dann verschwand er in der Einfahrt zum Innenhof. Ich ging weiter wie betäubt, brauchte Minuten, um mir klar zu werden. Schließlich fiel der Groschen: Dirk. Ich wollte zurück, mit ihm reden, aber in dem Moment begriff ich die Zusammenhänge. Er hatte mich in der Nacht angegriffen – und er musste dafür gesorgt haben, dass der Finger auftauchte."

„Weshalb sollte er Sie verfolgen?"

Bönisch' Stimme veränderte sich, wurde leiser und besorgt.

„Er macht mich wohl für das verantwortlich, was damals im Jemen passierte."

„Besteht dafür ein Grund?"

„Natürlich nicht!", fuhr der andere auf. „Wir haben die Reise gemeinsam geplant, die Helfer sorgfältig ausgesucht, um nichts weniger penibel als für unsere Kunden. Nie zuvor war etwas schiefgegangen."

„Vielleicht machte ihn gerade das misstrauisch", warf der Chefinspektor ein.

„Unsinn! Dirk befand sich wahrscheinlich jahrelang in dem Land, vielleicht in Gefangenschaft. Keiner von uns kann sich ausmalen, was das bedeutet. Es gibt Extremsituationen, in denen man einen Schuldigen braucht, weil man sein Unglück sonst nicht ertragen kann."

„Sehr gründlich hat er seine Rache nicht betrieben. Er hält sich schon ein Jahr in der Stadt auf."

„Und jetzt wollte er zuschlagen. Funkt es noch nicht?", setzte Bönisch ungeduldig nach. „Das Fenster, durch das er in die Wohnung der Paiers eingestiegen ist, liegt nur drei Meter neben unserer Wohnung!"

„Sie meinen, er hatte es auf Sie abgesehen? Weshalb hat er das Ehepaar ermordet, wenn es eine Verwechslung war?"

„Weil sie ihn erkannt haben. Ihm blieb nur die Wahl zwischen Gefängnis und Flucht. Falls er, wie ich glaube, über die Jahre eine fixe Wahnidee entwickelt hat, musste er um jeden Preis einen Ausweg finden."

47

Falk fand Inspektorin Lerchenfelder mit verbissenem Gesicht hinter einem Aktenstapel.

„Holen Sie mir den Gelben her."

Er zögerte einen Augenblick.

„Nehmen Sie zwei Leute mit, vielleicht ist er gefährlich."

Lerchenfelder fuhr in die Burggasse, wo die Renovierungsarbeiten wieder voll im Gang waren. Sie fand den Polier, der sie routinemäßig anmachte und dafür eine Ohrfeige kassierte, die ihn fast vom Gerüst fegte.

„Sie haben einen Punch", staunte er. „Alle Achtung. Der Gelbe ist heute nicht gekommen. Schon der zweite Ausfall, Slobo eingerechnet."

„War er gestern hier?"

„Ja. War auch keine Rede davon, dass er heute nicht auftauchen würde."

„Wohin?", fragte die blonde Beamtin, dieselbe, die gleich nach der Entdeckung des Fingers ins Haus gerufen worden war.

„Zu ihm nach Hause."

Eine halbe Stunde später meldete Lerchenfelder sich beim Chefinspektor.

„Es tut sich was. Ein Einbruch im Haus des Gelben, im Haus seines Vermieters."

„Wurde etwas gestohlen?"

„Das konnten wir nicht feststellen. Das Haus ist leer, ich meine, niemand ist hier."

„Haben Sie es durchsucht?"

„Ja. Ein Fenster ist eingeschlagen. Wir sind eingestiegen. Im Zimmer liegen ein paar Sachen herum."

„Kampfspuren?"

„Wir haben kein Blut gefunden. Aber etwas anderes."

Lerchenfelders Stiertemperament ließ sie fast schnauben.

„Einen goldenen Ring, besetzt mit Diamanten und Rubinen. Glaube ich zumindest. Innen eingraviert: ‚Franz‘."

Der Chefinspektor erinnerte sich an den Ring. Das letzte Mal hatte er ihn an Frau Paiers Hand gesehen. An der Hand der zierlichen, herzlichen Paier, die jetzt mit zerschmettertem Schädel in einem Kühlfach der Gerichtsmedizin lag.

„Ich komme hin. Verständigen Sie Mörtl."

Das Grundstück mit dem kleinen Wohnhaus und dem noch kleineren Gartenhäuschen im hinteren Eck schien Falk wie aus der Zeit gefallen. Es passte nicht mehr in die Gegenwart und in seine Umgebung. Es bot Platz für fünf oder sechs seiner Nachbargrundstücke, die allesamt wahre Paläste mit dünnen, grünen Gürteln auf sich trugen. Paläste, besonders im Vergleich mit dem bescheidenen Bau, in dem der alte Besitzer und sein Mieter wohnten. Ebenerdig, geduckt, mit kleinen, in vier schmale Rechtecke unterteilten Fenstern. Eine schlichte, hellblau lackierte Haustüre, ein dünner Kamin, der aus einem Dach ragte, das mit alten, ausgewaschenen Ziegeln gedeckt war. Provisorische Reparaturen hatten einen Flickenteppich daraus gemacht. Bestimmt fand sich in der ganzen Stadt kein Dachdecker mehr, der noch passende Ersatzziegel liefern konnte.

„Die Nachbarn interessieren sich für uns", bemerkte Lerchenfelder. Falk drehte sich um und sah einen Mann und eine Frau mit Einkaufstasche am gegenüberliegenden Gartentor stehen und neugierig herüberblicken, während die Spurensicherung ihre Arbeit aufnahm.

„Fragen Sie, ob Ihnen etwas aufgefallen ist. Am besten auch gleich bei den anderen Häusern."

Der Chefinspektor setzte seinen Erkundungsgang fort und umrundete das Haus. Neben der schmalen Hintertür stand ein wuchtiger Bottich aus grauem Beton, daneben eine fleckige, verzinkte und eine knallrote, neue Gießkanne aus Plastik. An der anderen Seite der Tür lehnte ein angebauter Schuppen am Haus, noch zur Hälfte gefüllt mit Brennholz. In einem kleinen Abteil hingen Gartengeräte an der Wand. Sie machten nicht den Eindruck, als hätte man sie vor Kurzem benutzt. Einige frisch bepflanzte Beete zogen sich vom Haus zur hinteren

Begrenzungsmauer und er erkannte die Umrisse anderer, längst aufgegebener. In allen Teilen des Gartens standen Bäume und Sträucher, die Flecken dazwischen teils zugewuchert, teils Wiese. Falk zweifelte nicht daran, dass der Eigentümer dieser seltsamen Oase bereits einige lukrative Angebote ausgeschlagen hatte. Er setzte sich auf eine verwitterte Holzbank, die von einem Dickicht aus blühenden Himbeer- und Ribiselstauden eingefasst wurde. Das Summen der Bienen übertönte den fernen Verkehrslärm. Man glaubte kaum, sich mitten in dicht verbautem Stadtgebiet zu befinden. Er blinzelte in die Sonne und rauchte langsam, um seinen Kollegen Zeit für einen ersten Augenschein zu geben.

Nach einer Viertelstunde raffte er sich auf und betrat das Haus durch den vorderen Eingang. Inspektor Mörtl erwartete ihn bereits.

„Noch immer kein Bewohner aufgetaucht?"

„Nein. Kommen Sie."

Der Spurensicherungsexperte ging voran. Aus dem Vorraum gelangte man in eine Wohnküche mit einer abgetrennten Vorratskammer. Die Vorräte darin so bescheiden und karg wie die gesamte Einrichtung. Tisch und Küchenkästchen beschichtet mit den Mustern der Nachkriegszeit, eine Holzbank, drei Sessel, ein Kühlschrank jüngeren Datums neben einem ausgeschlagenen Elektroherd. Über einem gemauerten Holzherd - Kochstelle und Ofen in einem - hingen Pfannen und Töpfe an der Wand. Auf einem Wandbrett stand ein Kofferradio, wie sie vor vier oder fünf Jahrzehnten in Mode gewesen waren. Mörtl deutete darauf.

„Ich bezweifle, dass Sie im ganzen Land einen zweiten Haushalt finden, der mit dieser Ausstattung an Unterhaltungselektronik auskommt."

„Kein Fernseher?", erkundigte sich Falk.

„Weder Fernseher noch Telefon noch irgendetwas anderes."

„Funktioniert es?"

Der Chefinspektor trat näher und sah sich drei Knöpfen gegenüber: weiß, grün, rot. Er drückte auf den grünen. Radio

Kärnten schallte mit etlichen Nebengeräuschen aus dem Lautsprecher. Er drückte rot – Stille.

„Wozu der weiße dienen mag?"

„Vielleicht eine Vorahnung künftiger Funktionen."

Eine Türe öffnete sich ins Schlafzimmer des Hausherrn, eine zweite in einen kurzen Gang, der von der Hintertür abgeschlossen wurde. Zur rechten Hand lag das Zimmer des Gelben mit dem eingeschlagenen Fenster, zur linken WC, Bad und Abstellraum.

„Kein Keller?", fragte Falk.

„Nein. Wir haben eine Luke zum Dachraum gefunden. Sie wurde lange nicht geöffnet, er ist leer – abgesehen von unzähligen alten Wespennestern."

Im Zimmer des Gelben standen ein Kastenbett, ein furnierter Kleiderschrank, eine Kommode, ein Tisch und ein Sessel. Auf den rotbraunen Dielen lagen Scherben. Mörtl deutete unter die Kommode.

„Dort wurde der Ring gefunden."

Der Chefinspektor öffnete den Kasten. Auf dem Boden lagen zwei zusammengedrückte Reisetaschen, darauf zwei Paar Schuhe. Einige Hemden hingen auf der Stange, ein Sakko und eine Lederjacke. In den Fächern lagen Unterhosen, Socken, Jeans und T-Shirts. Alles durchgesehen und unordentlich zurückgelegt.

Man konnte nicht sagen, ob der Schrank halb voll oder halb leer war.

Die Laden der Kommode enthielten Papiertaschentücher, ein Reisenähzeug, Wäschekluppen, Seife, Einwegrasierer, Kapselöffner …

„Habt Ihr Dokumente gefunden? Ausweise? Irgendwas Persönliches?"

„Nichts. Keinen Pass, kein einziges Schriftstück. Kein Foto."

Auf dem Tisch lagen zwei aktuelle Nachrichtenmagazine und ein offensichtlich viel gelesenes Buch. Alexis Sorbas. Falk schlug den abgegriffenen Deckel auf und fand den Stempel ‚Eigentum der Stadtbibliothek Klagenfurt'. Jemand hatte ihn

sauber durchgestrichen und darunter geschrieben: „Erworben
von Heinrich Moser, 14.12.1972."

„Der Hausbesitzer", erläuterte Inspektor Mörtl. „Er hat jedes
seiner Bücher mit Namen und Datum versehen."

„Wo mögen die beiden jetzt stecken?"

Mörtl zuckte die Achseln.

„Nicht im Haus. Das Grundstück müssen wir uns noch
genauer ansehen. Ist ja eine ziemliche Wildnis."

Der Chefinspektor ging durch die Küche ins Zimmer des
Hausherrn. Die Einrichtung entsprach der des anderen Raums,
doch hier bedeckten Regalbretter voller Bücher jeden freien
Zentimeter Wand. Mehrere Schubladen waren vollgestopft
mit Fotos, Briefen und Papieren.

Falk betrachtete einige davon, dann kehrte er zurück in die
Küche und setzte sich an den Tisch, auf dem eine Schale
voller Walnüsse und schrumpeliger, roter Äpfel stand. Ohne
Zweifel Früchte des großen Gartens. Er nahm einen. Die
Äpfel weckten Kindheitserinnerungen an Verwandtenbesuche
auf dem Land und an die Begeisterung, gemischt mit einem
Anflug von Neid, wenn die Stadtkinder von ihren Cousinen
und Cousins unbestimmbaren Grades durch wahre
Schatzkammern von Vorräten geführt und zum Kosten
animiert wurden.

Inspektorin Lerchenfelder trat ein, sah ihn kauen und biss
selbst in einen Apfel. Sie hatte keine Skrupel, mit vollem
Mund zu sprechen.

„Gestern am späten Vormittag brachte der Gelbe seinen
Vermieter samt Gepäck mit einem Taxi zum Bahnhof. Die
Nachbarn wollen wissen, dass Moser seine jährliche Kur
antrat. Einer hat später gesehen, wie der Gelbe zurückkehrte.
Da war es bereits früher Abend, zwischen sechs und sieben,
schätzt er. Eine Frau begleitete ihn, sie betraten beide das
Haus. Danach liegen keine Beobachtungen mehr vor."

„Wer war die Frau?"

„Der Beschreibung nach genau diejenige, der ich hierher
gefolgt bin."

Ein Anflug von Röte erschien auf ihren Wangen.
„Wissen die Nachbarn, wohin Moser gefahren ist?"
„Bad Tatzmannsdorf, Burgenland."
„Die Kollegen sollen überprüfen, ob er angekommen ist."
Er stand auf und schlenderte erneut durch dieses Haus der
Bescheidenheit, ständig bemüht, den Spurensicherern nicht in
die Quere zu kommen. Er roch am Herd und dem Eisenofen
im hinteren Gang, musterte die Vorrats- und die
Abstellkammer, den Schuppen und das abseits gelegene
Gartenhäuschen und durchstreifte mit Lerchenfelder auch die
verwilderten Teile des Grundstücks. Er verspürte eine vage
Ahnung, dass hier etwas nicht stimmte oder auch fehlte, doch
es gelang ihm nicht, diese Ahnung zu konkretisieren.
Schließlich gab er auf.
Der Tag brachte nichts Neues, außer der Bestätigung, dass
Moser in seinem Hotel angekommen war. Keine Spur vom
Gelben oder von Slobo. Keine Spur vom Einbrecher. Wer
brach überhaupt in so ein Haus ein? Nun stand auch der Gelbe
auf der Fahndungsliste.
Falk aß mit Monika und Lacher im Schweizerhaus und
staunte, dass sie sich so gut unterhielten, als ob kein Schatten
eines Problems auf ihnen läge.

48

Flora fühlte sich ganz und gar nicht wohl in ihrer Haut. Die vergangenen Tage hatten sie ziemlich verwirrt. Nun lag sie im Bett und sah fern. Ein endloses Frage- und Antwortspiel, das seit Jahren die Zuschauer anzog und das zu ihren Lieblingssendungen gehörte. Normalerweise schlief sie prächtig dabei ein, heute wollte es nicht gelingen. Sie fühlte sich plötzlich überfordert, obwohl es ihr gewiss nicht an Selbstbewusstsein mangelte. Gerade entschied sie, dass es ohne Schlaftablette nicht klappen würde, da läutete das Telefon. Sollte sie es ignorieren, die Tablette schlucken und bis morgen nichts mehr sehen und hören? Sie zögerte. Keine Rufnummernanzeige auf dem Display. Die kleine rosa Pille schwebte schon zwischen ihren halb geöffneten Lippen …
Dann siegte doch die Neugier.
„Na endlich!", meldete er sich unwirsch. „Warum hast du nicht angerufen?"
„Ich war zu müde", protestierte sie, halb aufgebracht über seinen Ton, halb erfüllt von schlechtem Gewissen, weil sie es tatsächlich versprochen hatte.
„Wir müssen uns sehen."
„Jetzt?", fragte sie widerwillig. „Aber wir haben uns heute doch schon …"
„Ja, jetzt!", schnitt er ihren Satz ab.
Sie kannte diesen Ton. Es war besser, sich zu fügen als einen sinnlosen Streit vom Zaun zu brechen. Zwanzig Minuten später trafen sie sich an der Brücke. Er trug eine Lederkappe mit seitlichen Laschen, die über die Ohren reichten. Ein wenig erinnerte sie an einen römischen Legionärshelm und Flora fand sie ziemlich lächerlich.
„Wie siehst du aus?", fragte sie belustigt. „So kalt ist es wirklich nicht."
„Muss die Ohren warmhalten, eine Entzündung. Was Besseres hab' ich nicht gefunden. Gehen wir ein Stück."

Der Kanal lag dunkel und lautlos unter ihnen. In der Nacht fand sie ihn bedrohlich. Der Himmel im Westen schimmerte wie feuchter Schiefer, ein schmales Wolkenband spannte sich über den Horizont, als müsste es ihn vor dem Auseinanderbrechen bewahren. Sie schwenkten in den weitläufigen Europapark, an dessen anderem Ende der See lag und Flora fühlte Ärger in sich aufsteigen. Er holte sie um diese Zeit aus dem Bett, als ob es um die dringendste Angelegenheit der Welt ginge und nun sprach er nicht mit ihr. „Was ist los? Ich muss morgen früh raus."
„Warte", erwiderte er nur.
Ein Spaziergänger mit Hund kam ihnen entgegen – oder ein Hund, der noch mal raus musste und sein Herrchen mitnahm. Die beiden wählten einen anderen Weg und verschwanden hinter einem sanften, künstlich angelegten Hügel, der mit einer abstrakten Steinplastik geschmückt war. Er führte sie in ein kleines Rondeau aus Ziersträuchern, die stark nach Frühling und Aufbruch dufteten. Sie setzten sich auf die Holzbank. Flora fühlte seine Hand, die über ihren Rücken glitt und schloss die Augen, als er sie küsste. Seine andere Hand schob sich unter ihren Rock und sie wusste, dass er mit ihr schlafen wollte. Hier, im nächtlichen Park, nur notdürftig gedeckt durch die Sträucher. Wenn der Mann mit dem Hund vorbeikam, musste er sie sehen. Vielleicht würde er sie beobachten, vielleicht beobachtete er sie schon. Ihr Puls beschleunigte sich. Er zog ihr Rock und Höschen aus, hob sie scheinbar mühelos hoch und setzte sie verkehrt auf sich. Sie merkte, dass er ein Kondom verwendete. Mit den Händen dirigierte er ihre Bewegung und das Tempo. Dann streifte er den Pullover und das Leibchen über ihren Kopf. Er wollte sie nackt sehen, möglicherweise wollte er auch, dass der Mann mit dem Hund sie nackt sah. Sie öffnete die Augen nicht und folgte willig dem Diktat seiner Hände bis sie seinen Höhepunkt fühlte.

Sie konzentrierte sich ganz auf ihre eigene Lust. Dann explodierte etwas auf ihrem Kopf, farbige Blitze zuckten durch ihr Gehirn. Keine Zeit für Schmerz, tiefste Dunkelheit.

49

Der Anruf erreichte Falk bei seinem Frühstück mit Sam: Butterbrot und Marmorkuchen, sie teilten brüderlich.
„Eine nackte Frauenleiche im Europapark. Grobe Gewalteinwirkung am Hinterkopf."
„In welchem Teil des Parks?"
„In der Nähe des großen Teichs."
„Ich bin gleich dort."
Falk verzichtete auf die Rasur und benötigte nur sechs Minuten bis zum Strandbad im Westen des Parks. Das Blaulicht der Streife wies ihm die Richtung. Die Tote lag neben einer Bank auf dem Kies eines kleines Rastplatzes, der von gelben Forsythien und anderen, rosa blühenden Sträuchern umrahmt war. Flora Baumeister blieb auch im Tod eine Schönheit. Sie blickte in den Himmel, als sei ihr im Moment des Sterbens die größte Überraschung ihres Lebens widerfahren. Man erkannte einen Teil der Verletzung an ihrem Kopf. Sie hatte nicht stark geblutet. Auf der Bank lagen Kleidungsstücke.
„Decken Sie sie zu", sagte Falk zu dem Streifenbeamten.
„Und die Spurensicherung?", wandte der Mann vorsichtig ein.
„Kann sie wieder abdecken."
Etliche Meter abseits stand ein weißhaariger Herr neben dem zweiten Polizisten. Er hielt einen kleinen, weißen Spitz an der Leine. Er blickte weg, er wollte die Tote nicht sehen. Der Spitz wäre gerne zum Tatort gelaufen, um alles ausgiebig zu beschnüffeln.
„Hat der Weißhaarige sie gefunden?", fragte Falk.
„Ja. Er meint, er habe sie auch gestern am Abend gesehen, ist sich aber nicht sicher."
Falk ging zu dem Mann und zeigte ihm seinen Ausweis. Sie schüttelten sich die Hände, der Spitz beroch seine Hose und wusste vermutlich in wenigen Sekunden mehr über Sam, als er selbst über seinen Spaniel je erfahren würde.

„So eine hübsche Frau", nuschelte das Herrchen des Spitz'. Er mochte um die 70 sein und machte einen kränklichen Eindruck.

„Der Kollege meint, Sie hätten sie gestern gesehen."

„Ich gehe jeden Tag mehrmals mit Luna spazieren. Sie hat eine kleine Blase und der Doktor meint, das wäre ein Segen für mich. Mein Doktor. Wegen der Bewegung."

Er schmunzelte kurz.

„Es war gestern gegen elf, genauer kann ich es nicht sagen. Ein Pärchen kam mir entgegen, ein kräftiger Kerl und sie so hübsch, wie man es bei dem Licht und der Entfernung eben erkennen kann. Ich bin dort abgebogen."

Er deutete auf eine Weggabelung.

„Dann bin ich die große Runde gegangen. So nenne ich sie halt, es gibt Dutzende von Runden."

„Sie glauben, es handelt sich um die Frau?"

„Ja. Ich kann es nicht beschwören. Darf ich fertig erzählen?"

„Bitte", murmelte der Chefinspektor.

„Ich ging also die große Runde, Luna hat achtmal gepinkelt, und komme aus dieser Richtung wieder hierher. Da ist er mir begegnet."

„Der Kräftige? Allein?"

„Ja. Er hatte es eilig."

„Können Sie ihn beschreiben?"

„Ein ordentlicher Prügel. Er schaute in die andere Richtung, damit ich vom Gesicht nichts sehe. Dachte ich mir zumindest so. Hatte eine dunkle Kappe auf. So ein Lederding, wie es ehemals Motorradfahrer trugen. Sekunden später höre ich ihn niesen und fluchen und drehe mich um. Seine Kappe war verrutscht und fiel ihm fast vom Kopf. So ein Gelb hab' ich vorher nie gesehen. Jedenfalls nicht auf einem Kopf."

„Zitronengelb?"

„Reife Zitrone."

„Und dann?"

„Ich habe nicht lange hingeschaut, der Bursche war mir unheimlich. Bin nach Hause gegangen und heute Früh wieder

los. Ich hätte gar nichts bemerkt, aber Luna ist zu ihr gelaufen und hat gebellt. Da bin ich auch hin."
Luna pinkelte.

Die Bürokratie und die Routine der polizeilichen Ermittlungen
machten auch aus einem Mord an einer ungewöhnlich
schönen Frau rasch einen abstrakten Fall. Der Leichnam
wurde zu einem Gegenstand der Untersuchung, nicht anders
als ihr Höschen, ihr Pullover oder die Schuhe, die hinter der
Parkbank lagen.

Die Fahndung nach dem Gelben wurde intensiviert. Am
späten Nachmittag meldete sich Dr. Neuner mit ersten
Ergebnissen.

„Der Mörder muss sehr kräftig sein. Sie war sofort bewusstlos
und starb vermutlich nur Minuten nach dem Schlag an einem
Blutgerinnsel im Gehirn."

„Hatte sie Geschlechtsverkehr?"

„Wir haben Sperma gefunden, aber nicht nur das. An ihren
Genitalien fanden sich Spuren eines Gleitmittels, das auf den
Gebrauch eines Kondoms hinweist."

„Vielleicht war es gerissen."

„Oder sie hatte zweimal Sex, einmal mit, einmal ohne
Präservativ."

„Gibt es Anzeichen für eine Vergewaltigung?"

„Nein. Das macht es in gewisser Weise besonders schlimm."
Falk glaubte zu wissen, was der Pathologe meinte.

„Der Mörder hat die Tat geplant. Doch bevor er zuschlug,
wollte er noch einmal seinen Spaß mit ihr."

„Klingt irgendwie doppelt monströs, nicht wahr?"

„Oder es gehörte zum Plan."

„Das ist mir zu hoch", sagte der Arzt.

„Ich wollte, ich könnte es erklären. Fürs erste vielen Dank,
Doktor."

Der Tag war ausgefüllt mit endlosen Besprechungen,
Anweisungen, Berichten und Telefonaten, bis Falk um zehn
am Abend nach Hause fuhr, den Kühlschrank plünderte und
anschließend ins Bett fiel. Er hatte nicht die Kraft, noch mit
Lacher zu reden.

Er träumte von Flora. Sie lag nackt im Kies, starrte mit leeren Augen nach oben und versuchte zu sprechen. Ihre Lippen bewegten sich, aber er verstand sie nicht. Wie sollte er eine Tote verstehen? Er kniete nieder und hielt sein Ohr an ihren Mund. Es half nichts. Da packte sie seinen Kopf und drückte ihren offenen Mund auf sein Ohr. Etwas schob sich in seinen Gehörgang. Es war nicht ihre Zunge. Er begriff, dass sie ihn hereingelegt hatte. Aus ihrem Mund drang etwas Lebendiges, Unheimliches, das nun in seinen Kopf kroch. Er konnte sich nicht aus ihrem Griff befreien.

„Rainer!", rief sie. „Rainer!" Sie rüttelte ihn. Er machte die Augen auf und blickte in Monikas erschrockenes Gesicht. Sam war aufs Bett gesprungen und versuchte, ihn abzulecken.

„Du warst ganz außer dir", sagte Monika. „Ich habe dich kaum wach bekommen."

In dem Moment fiel es ihm ein. Der Wecker zeigte fünf vor zwei. Er setzte sich auf und tastete nach seinem Handy.

„Würdest du mir bitte einen Kaffee machen?"

Während sie in die Küche ging, suchte er Mörtls Nummer in seinen Kontakten. Nach einer Weile meldete sich der Inspektor. Falk hielt sich nicht mit Entschuldigungen für den späten Anruf auf.

„Die Äpfel und Nüsse auf dem Tisch stammten sicher aus dem Garten. Irgendwo muss er sie über den Winter gelagert haben. Aber wo? Mir ist nichts aufgefallen."

Mörtl schwieg so lange, dass Falk glaubte, er sei wieder eingeschlafen.

„Inspektor?"

„Ich habe auch nichts gesehen. Vielleicht war das in der Küche der letzte Rest."

„Trotzdem muss es einen besonderen Aufbewahrungsort geben. Ein Herbstapfel, der im Mai noch genießbar ist, muss kühl und dunkel gelagert werden. Ich frage in Bad Tatzmannsdorf nach."

„Um diese Zeit?", fragte Mörtl ungläubig. „In einem Kurhotel?"

„Allerdings", knurrte Falk und brach das Gespräch ab. Statt eines Portiers erreichte er den schlecht gelaunten Hotelier, der überhaupt nicht daran dachte, einen seiner Kurgäste um zwei in der Nacht zu wecken. Jeder könne außerdem behaupten, dass er Chefinspektor bei der Kripo Klagenfurt sei. Er sei aber gerne bereit, im LKA zurückzurufen, doch müsse er erst eine Nummer besorgen und das könne dauern.

„Gut", sagte Falk schließlich mit dieser kalten Wut, die ihn stets dazu veranlasste, ein wenig Distanz zu sich selbst zu bewahren. „Sie tun, was Sie glauben, tun zu müssen. In zehn Minuten steht ein Streifenwagen vor Ihrem Haus. Es ist Gefahr im Verzug, also kommen die Kollegen mit Blaulicht und Folgetonhorn. Sie werden vorübergehend festgenommen und angezeigt. Außerdem wird Ihr Hotel in den nächsten Jahren der Musterbetrieb Österreichs, was die Einhaltung auch noch der geringsten behördlichen Vorschrift betrifft – und wenn es tausend Kontrollen erfordert, um dieses Ziel zu erreichen."

Den Großteil dieser Drohungen könnte er nie verwirklichen, ohne Zweifel wusste das auch der Hotelier. Vermutlich lag es am Tonfall, in dem sie ausgesprochen wurden, dass der Mann einlenkte.

„Schon gut, Chefinspektor. Wenn es wirklich so ernst ist, hilft man ja gern."

„Grazie infinite", murmelte Falk – aber so leise, dass nicht einmal Monika es hörte, die ihn fasziniert durch die offene Tür beobachtete. Vielleicht, weil sie diese seltsame Wut, diesen Jähzorn, der nicht in helle Flammen ausbrach, sondern – gerade umgekehrt – zu Eis erstarrte, noch nie an ihm wahrgenommen hatte.

Er beruhigte sich und lächelte sie an, während sich der Wirt zu Mosers Zimmer begab. Der alte Herr hatte offenbar einen leichten Schlaf.

„Moser."

„Chefinspektor Falk von der Kripo Klagenfurt. Entschuldigen Sie die Störung, aber es ist möglicherweise dringend."

„Möglicherweise?", fragte sein entferntes Gegenüber mit klarer Greisenstimme.

„Ja, ich weiß es erst, wenn ich Ihre Auskunft erhalte."

„Geht es um den Einbruch? Einer Ihrer Beamten hat mich verständigt."

„Um den Einbruch und um drei Morde. Ihr Untermieter ist verschwunden."

„Halten Sie ihn für den Täter?"

„Wir müssen unbedingt mit ihm sprechen."

„Welche Auskunft kann ich Ihnen geben?"

„Wo lagern Sie das Obst Ihres Gartens? Die Äpfel und Nüsse, die auf dem Küchentisch stehen."

„Im Bunker", flüsterte der Alte. „Sie haben ihn natürlich nicht gefunden."

„Wo ist der Bunker?", drängte Falk.

„Unter dem Haus. Mein Vater hat ihn in den 1930ern gebaut, ich habe ihm geholfen. Er hat alles vorausgesehen, was kam."

„Wie gelangt man hinein?"

„Die Hintertür hat einen Türstopper, damit sie nicht gegen die Wand schlägt. Den müssen Sie nach rechts drehen und dann nach oben ziehen. Das löst den Riegel. Sie können jetzt den Wasserbottich an der Rückseite des Hauses zur Seite schieben – er läuft auf Rollen. Darunter befindet sich der Eingang."

„Kann man ihn auch von innen öffnen?"

„Ja. Der Bunker war als Versteck gedacht, nicht als Gefängnis. 1945 hat er mir das Leben gerettet, als ich nicht mehr an die Front zurückkehrte."

„Ist der Gelbe in das Geheimnis eingeweiht?"

„Der Gelbe? Ach so, Dirk. Ja. Ich mache seit Jahrzehnten kein Geheimnis mehr daraus. Es ist ein idealer Lagerraum. Trotzdem kennt ihn kaum jemand."

Ein Raum unter dem Haus, von beiden Seiten zu öffnen und der Gelbe wusste es. Fraglich, ob der Vogel auf sie wartete – falls er sich jemals im Bunker aufgehalten hatte.

„Ich bin Ihnen dankbar für die Hilfe."

„Mir täte es leid um Dirk", seufzte der Greis.

„Ja."

Falk zog sich hastig an, trank den Kaffee, den Monika ihm entgegenhielt und fuhr ins LKA. Inspektor Quendler versah den Bereitschaftsdienst. Mit ihm und zwei Uniformierten fuhr er zu Mosers Adresse. Der Chefinspektor postierte die Beamten vor und hinter dem Haus. Mit Quendler ging er hinein und vergewisserte sich, dass die Räume so ausgestorben waren wie bei seinem ersten Besuch. Der Riegel zum Bunker ließ sich mit dem Türstopper leicht öffnen, doch der Bottich rührte sich nicht vom Fleck. Im Schein der starken Taschenlampen fanden sie einen Holzkeil, den jemand auf der abgewandten Seite darunter geschoben hatte. Falk stieß ihn mit dem Fuß weg.

„Das deutet mehr auf Gefängnis als auf Versteck."

„Und wenn es eine Falle ist?", fragte Quendler.

„Werden wir gleich wissen."

Der Chefinspektor versetzte dem Bottich einen Stoß. Das schwere, mit Wasser randvolle Becken, glitt nun mühelos zur Seite. Eine schmale, sehr steile Stiege führte nach unten. Die dunkelroten Flecken auf den scharfen Kanten der Stufen machten einen frischen Eindruck. Vorsichtig stapfte Falk in die Tiefe. Der Boden des Bunkers befand sich etwa drei Meter unterhalb des Gartenniveaus. Der Chefinspektor öffnete eine Holztür und trat in den Lagerraum. Es roch stark nach Äpfeln, die noch vereinzelt in Holzkisten in einfachen Regalen lagerten. Im Strahl der Taschenlampe tauchte ein zitronengelber Fleck auf. Schmutzig, blutverschmiert, aber eindeutig die Haartracht des Gelben. Er lag seitlich auf dem nackten Boden, gekrümmt wie eine verkehrte Zwei. Sein Bezwinger hatte ihn mit starkem Klebeband umwickelt und ein kräftiges Kunststoffseil dazu verwendet, seine Fußgelenke mit einem Eisenring an der Wand und seinem Oberkörper zu verknüpfen. Übertriebene Vorsicht, aber jedenfalls ein Zeichen besonderer Gründlichkeit. Der Mund des menschlichen Pakets war ebenfalls mit Klebeband verschlossen. Die Augenlider zuckten, als Falk ihn anleuchtete und der Gelbe bewegte leicht den Kopf.

„Rettung und Arzt", befahl Falk. Dann holte er sein Taschenmesser hervor und machte sich daran, den Mann aus seiner Lage zu befreien.

Quendler fischte aus einem Plastikbeutel einen Pass und ein Bündel von Schriftstücken.

„Der sollte wirklich spurlos verschwinden."

52

Falk saß hinter seinem Schreibtisch, ihm gegenüber der Gelbe
mit einem riesigen, weißen Pflaster schräg auf der Stirn,
einem Verband am Hinterkopf und einem scharf
abgegrenzten, rötlichen Ausschlag auf Mund, Kinn und
Wangen als Erinnerung an das Klebeband, das ihn beinahe
erstickt hatte. Zwischen ihnen stand der Untersetzer der
Blumenschale, der sich im Lauf der zu Ende gehenden Nacht
mit Zigarettenstummeln füllen sollte. Durch das weit
geöffnete Fenster strömte eine überraschend milde Brise und
hin und wieder die gedämpften Geräusche eines einsamen
Wagens.
Der Oberarzt in der Ambulanz hatte die Platzwunde genäht,
die Abschürfungen versorgt und sich vergewissert, dass nichts
gebrochen war. Der vernarbte Rücken des Gelben hatte ihn
sprachlos gemacht. Dann war er aus allen Wolken gefallen,
als sein Patient weitere Untersuchungen ablehnte und sich an
Falk wandte.
„Wir haben einiges zu besprechen. Außerdem hab' ich einen
furchtbaren Durst."
„Sie müssen mindestens einen Tag zur Beobachtung
bleiben!", protestierte der Arzt. „Mit großer
Wahrscheinlichkeit haben Sie eine Gehirnerschütterung
davongetragen."
„Das ist schon gut, Doktor. Vielen Dank für Ihre Mühe."
Wie alle Ärzte war es auch dieser nicht gewohnt, dass man
seine Autorität in Frage stellte – noch dazu in Anwesenheit
einer Schwester. Doch irgendwas an der unerschütterlichen
Selbstsicherheit des Gelben bewog ihn dazu, sich mit einem
ärgerlichen Schulterzucken zu begnügen. Außerdem zeigte die
runde Wanduhr drei Viertel nach drei.
„Was möchten Sie trinken?", erkundigte sich Falk im Auto.
„Bier. Kaltes Bier."
Sie hielten an einer Nachttankstelle, wo Falk einen Karton mit
Dosen füllte und die Vitrine mit Schinken-Käse-Stangen

ausräumte, weil der knurrende Magen seines Zeugen sogar den Motorenlärm übertönte.

Als sie ins LKA kamen, lag auf Falks Schreibtisch die angeforderte Aufstellung des zuständigen Gerichtsvollziehers vom Bezirksgericht Klagenfurt. Er warf einen Blick darauf. Offenbar befanden sich nicht nur die Studenten in Geldnöten. Ein weiteres Puzzlesteinchen im Bild. Er rief Quendler herein und gab ihm ein Foto von Flora Baumeister.

„Wecken Sie den Trafikanten auf und fragen Sie ihn, ob er sie kennt."

Sie aßen und tranken in stummem Einvernehmen, bis der Gelbe eine Zigarette nahm und sich zurücklehnte.

„Es ist eine lange Geschichte, Chefinspektor. Der Finger gehörte meiner Frau."

In nüchternen Sätzen schilderte er die Umstände des Überfalls, Pias schreckliches Ende und das Schicksal, das seine Entführer bald danach ereilte. Man merkte, dass diese Sätze eine Art Statement bildeten, eine von allem Beiwerk und allen Emotionen gereinigte Erklärung, an der er Jahre gearbeitet haben mochte, um mit dem Schmerz fertig zu werden.

„Ich fühlte das Messer an meinem Hals, schloss die Augen und dachte an meine Frau."

Doch das erwartete, vielleicht ersehnte Ende, trat nicht ein. Einer der Männer sagte etwas, das den Anführer innehalten ließ.

„Ich begriff erst später, worum es ging. Im Grunde gelten sehr einfache Regeln. Als Gefangener der einen Gruppe hatte ich keinen Grund, die Getöteten zu rächen – ich stellte also keine Gefahr dar. Und lebendig besaß ich einen gewissen Handelswert, wogegen mein Leichnam niemandem nützte."

„Hat man kein Lösegeld gefordert?"

Der Gelbe riss eine frische Bierdose auf, setzte sie an und ließ den Inhalt durch die Kehle rinnen ohne ein einziges Mal zu schlucken.

„Das wäre naheliegend gewesen, jedenfalls für meine ersten
Entführer. Es machte mich damals schon stutzig, dass sie
nichts in diese Richtung unternahmen. Meine neuen Herren
wollten hingegen kein Aufsehen erregen. Schließlich lagen da
fünf Tote. Wer sich mit der Beute brüstete, musste die
Neugier ihres Clans auf sich ziehen. Sie hielten es für klüger,
mich rasch wieder loszuwerden, auch unter meinem Wert."
Er lächelte.
„Nicht allzu viel Wert. Ich wurde auf Sklavenstatus
herabgestuft. Mein Äußeres sprach für mich, immerhin stellte
ich etwas Exotisches dar, eine Art Sammlerstück. Mein
nächster Herr – ich weiß nicht, wie viel für mich bezahlt
wurde – sah das auch so. Leider mischte er von Berufs wegen
in einer Serie ganz besonderer Zweikämpfe mit. Ähnlich wie
die illegalen Hundekämpfe in Europa und den USA, nur eben
Mann gegen Mann. Einer muss liegen bleiben. Tot."
Falk starrte ihn ungläubig an.
„Bei jedem Kampf ein Toter?"
Der Gelbe nickte.
„Sie finden nicht oft statt. Es wird hoch gewettet. Manche
Besucher kommen mit Kamelen, viele mit Luxuslimousinen."
Er öffnete die nächste Dose.
„Nach dem ersten Kampf schwor ich mir, mich beim nächsten
Mal töten zu lassen. Aber als es so weit war, zog ich im
entscheidenden Moment doch vor, selbst zu töten. Ich bin
anscheinend der Typ, der sein Hab und Gut mit Klauen und
Zähnen verteidigt, auch wenn niemand versteht, was daran
lohnend sein soll. Zwischen den Kämpfen lagen lange Pausen.
Ich verbrachte sie als privilegierter Sklave."
„Stammen die Narben auf Ihrem Rücken aus dieser Zeit?"
„Ja. Es war übrigens nichts Persönliches, keine Strafe, mein
Herr mochte mich. Die Peitsche gehörte lediglich zu seiner
Methode, mich vor dem Kampf richtig heiß zu machen. Jeder
Trainer hat so seine speziellen Tricks – der Erfolg gab ihm
recht."
„Wie sind Sie entkommen?"

Der Gelbe berichtete, was in dem Anwesen in den Bergen vorgefallen war.

„Nun stand ich mutterseelenallein in dem Palast, frei. Davon hatte ich jahrelang geträumt, aber mir dämmerte, dass die Flucht aller Bewohner auch für mich nichts Gutes bedeuten würde. An die Tiere hatte keiner gedacht. Ich nahm mir das unauffälligste Kamel und machte mich davon."

„Haben Sie sich an die Behörden gewandt?"

Im Lächeln des Gelben lag so viel Verständnis für die Ahnungslosigkeit des österreichischen Beamten, dass Falk die aufsteigende Hitze im Gesicht fühlte.

„Darauf habe ich verzichtet. Meine Rückreise erfolgte leider auf durch und durch illegalen Wegen. Als ich in Deutschland ankam, fühlte ich mich leer wie ein löchriger Schlauch. Ich habe gejobbt und getrunken. Immer abwechselnd im Wochenrhythmus."

„Sie zweifelten nicht daran, dass Bönisch für den Verrat verantwortlich war?"

„Keine Sekunde. Wir waren beide in Pia verliebt, sie hat mich gewählt."

„Das hat er mir erzählt. Nur meinte er, es sei ihm nicht nahegegangen."

Der Gelbe lachte kurz auf.

„Gert verliert sehr ungern, extrem ungern. Ich wunderte mich damals schon, wie gelassen er es hinnahm. Er bestand darauf, meinen Trauzeugen zu machen, er half bei der Hochzeit und er wollte unbedingt die Hochzeitsreise organisieren. Ich habe mich von ihm einlullen lassen."

„Das ist noch kein Beweis, dass er dahintersteckt."

„Es ist ein starkes Indiz, wenn man weiß, dass er die einheimischen Begleiter aussuchte. Nach meiner Flucht blieb ich eine Weile im Land. Da habe ich einen von denen wieder getroffen, die sich in jener Nacht mit dem zweiten Wagen davonmachten. Wir führten ein längeres Gespräch."

Seine Augen blitzten Falk fröhlich an.

„Zuerst wollte er mir gar nichts verraten. Dann entschied er sich doch dazu, zuzugeben, von wem er seine Anordnungen empfangen hatte."

„Sie haben ihm geglaubt?"

„Es gibt einen Punkt, an dem ein Mensch die Wahrheit sagt, egal wie sehr sie ihm schaden mag."

„Welchen Punkt meinen Sie?"

„Den, an dem keinerlei Hoffnung mehr besteht."

„Wollten Sie sich an Ihrem Freund rächen?"

„Der Gedanke hat mich über die Jahre am Leben erhalten. Aber als ich zurückkam, wollte ich zunächst gar nichts. Keine Energie zum Leben, keine zum Sterben. Ob nüchtern oder im Vollrausch machte keinen Unterschied."

„Was passierte weiter?"

„Ein Zufall. In einer Kneipe lief im Fernsehen ein Bericht über besonders ausgefallene Tourismusideen. Ich war nicht zum Zuhören dort, sondern um mich abzufüllen. Dann fiel sein Name. Bönisch. Ich merkte zuerst gar nicht, dass dieser Name etwas in mir auslöste. Ich blieb sitzen und trank. Doch seltsamerweise wurde ich mit jedem Glas nüchterner. Bis ich aufsprang und ins Freie rannte. Das einzige, was ich mir wirklich ersehnt hatte, war meine Freiheit gewesen. Plötzlich wünschte ich mir Bönisch – so dringend wie nichts zuvor."

„Sie haben seine Spur aufgenommen."

„Das war ganz leicht. Er hielt sich ja nicht versteckt. Er betreibt sein Reisebüro vorwiegend übers Internet. Ich packte und fuhr nach Klagenfurt."

Der Gelbe schwieg mit nach innen gekehrtem Blick, als ob er jede Station der Reise wiederholte. Falk wartete geduldig.

„Ich kam mit dem Zug. Am Bahnhof nahm ich ein Taxi und ließ mich direkt in die Burggasse bringen. Da stand ich dann und starrte das Haus an. Ich verfolgte keinen Plan. Ich hatte gedacht, ich würde zu ihm fahren und ihn töten. Fertig."

„Was hat Sie davon abgehalten?"

„Es ging nicht. Ich fand es plötzlich so ungenügend – viel zu einfach für ihn. Er würde gar nicht richtig mitbekommen, wie ihm geschah. Ich hatte jahrelang wieder und wieder durchlebt, was er Pia und mir angetan hatte. Und nun sollte er sterben, wie an einem schönen Tag vom Blitz getroffen? Es kam mir mit einem Mal viel zu billig vor – eine Gnade statt einer Strafe. Ich ging weg."

Quendler trat ein.

„Hat er sich aufgeregt?", fragte Falk.

„Ganz im Gegenteil. Er findet es sehr spannend und hat mir mehr Fragen gestellt als ich ihm."

„Und?"

„Sie war die Freundin vom Reisebürotypen."

Der Chefinspektor nickte und wandte sich wieder dem Gelben zu.

„Sie wollten Ihre Rache genießen?"

„Ich wollte ihn leiden sehen, ihm Angst einjagen, irgendeinen perfiden Plan entwickeln. Er war verheiratet. Wenn er seine Frau liebte … Zunächst suchte ich mir ein Zimmer und fand Unterschlupf beim alten Moser."

„Ich habe mit ihm telefoniert. Er hat mir den Zugang zum Bunker verraten."

„Ein interessanter Mann", sagte der Gelbe. „Viele betrachten ihn als Fossil, dabei hat er nur eine gerade Haltung. Keine Selbstgerechtigkeit, kein Jammern, keine Besserwisserei. Kennen Sie so jemanden?"

Falk dachte nach. Ihm fiel niemand ein.

„Was wurde aus Ihrem Plan?"

Der andere zuckte die Achseln.

„Der hat sich so dahingezogen, ich hatte es nicht mehr eilig. Manchmal habe ich wochenlang nicht daran gedacht, dann beobachtete ich ihn wieder, lernte seine Gewohnheiten kennen. Tatsächlich kam mir der Hass abhanden. Ich führte ein ruhiges Leben, half dem Alten im Garten, lieh mir seine Bücher aus. Wenn ich Geld brauchte, arbeitete ich. Dann erfuhr ich von dem Umbau und hatte die Idee mit Pias Finger. Ich wollte ihn nicht länger bei mir tragen. Der Finger sollte ihn stellvertretend für Pia anklagen und damit seine Ruhe finden. Das dachte ich jedenfalls."

„Warum sollte Bönisch ihn auf sich beziehen?"

„Er musste ihn auf sich beziehen. Auch wenn er die Details vielleicht nicht kannte, wusste er bestimmt, wem er uns ausgeliefert hatte. Er würde Einzelheiten erfahren – über das Alter der Frau, den ungefähren Zeitpunkt der Tat, auch über das Etui. Er kannte es. Das Armband, das Pia sich zur Hochzeit gewünscht hatte, lag darin. Er selbst hat es für mich abgeholt."

„Er wirkte nicht sehr beeindruckt."

„Gert ist hart im Nehmen, noch härter als vermutet."

„Haben Sie ihn deshalb verprügelt?"

Nun grinste der Gelbe breit und ließ seine Zahnlücken sehen.

„Ich wollte ihm zeigen, dass er nicht ganz so toll ist, wie er glaubt. Zum Abschied sozusagen. Ich hätte ihn totschlagen können, ohne ihm die geringste Chance zu lassen. Daran muss er ziemlich genagt haben."

„Trotzdem haben Sie ihn unterschätzt. Er hatte Sie schon vorher erkannt und ab diesem Zeitpunkt seine eigenen Ziele verfolgt."

„Ich vermutete schon, dass er gegen mich was unternehmen würde, aber mit dieser mörderischen Konsequenz habe ich nicht gerechnet."

Das überraschte Falk nicht. Der Gelbe war nicht der erste kluge Kopf, der einen Gegner trotz besseren Wissens unterschätzte.

„Ich weiß nicht genau, wann Bönisch begriff, dass Sie ihm auf den Fersen waren, schätze aber, spätestens seit er von dem Finger im Etui erfuhr. Ab da setzte er seine Geliebte als Spionin ein. Sie arbeitete im Haus gegenüber und steht auf starke Typen. Er überredete sie sogar dazu, Sie zu verführen, um mehr Informationen zu sammeln. Es lohnte sich für ihn. Dadurch erfuhr er von dem Bunker unter Mosers Haus. Sie hat ihn gesehen, oder?"

„Wir haben uns ein paar Äpfel geholt."

„Vielleicht gab das den Ausschlag. Nun stand ihm ein Ort zur Verfügung, an dem er Sie spurlos verschwinden lassen konnte – praktisch ohne Risiko. Da schlug er zu. Wie hat er Sie reingelegt?"

„Ganz simpel. Als ich vor dem Fenster stand, durchstieß er mit einem Taser die Scheibe und verpasste mir ein paar Ampere, die ich gar nicht haben wollte."

„Erkannten Sie ihn?"

„Mir blieben zwei oder drei Sekunden, das hat gereicht. Was hatten die Paiers mit unserer Fehde zu tun?"

„Sein Reisebüro steht kurz vor dem Kollaps."

Falk tippte mit der Fingerspitze auf den Bericht des Gerichtsvollziehers.

„Viel Geld verdiente er mit seinen Angeboten in Europa nicht. Für richtige Freaks veranstaltete er deshalb Reisen in den arabischen Raum. Der dortige Frühling setzte ihm allerdings schwer zu, wie ich vermute. Auch Extremtouristen überlegen es sich zweimal, ehe sie in Länder fahren, die sich gerade in einer Revolution befinden. Da sind die besten Kontakte von einem Tag auf den anderen nicht viel wert. Inspektor Prüller sagte in einem anderen Zusammenhang: Der Täter konnte der günstigen Gelegenheit nicht widerstehen. Genau das war es. Deshalb gerieten die Paiers in sein Visier – er kannte die beiden als Nachbarn. Sie waren reich und vertrauten ihm. Er kannte den Safe, weil sie ihren Stoff dort verwahrten, den sie gerne mit Freunden teilten. Er wusste, dass er mit einer großen Summe Bargelds rechnen durfte. Die Paiers hielten ihre Ansicht über die Zuverlässigkeit von Banken nicht geheim. Es ist sehr wahrscheinlich, dass Bönisch schon länger mit dem Gedanken spielte, sie zu berauben. Dann tauchten der Finger auf und der Mann, der ihn bis aufs Blut hasste. In kurzer Zeit entwarf er den Plan, der seine Probleme auf einen Schlag lösen würde: der Raubmord seine finanziellen Schwierigkeiten, Ihr Verschwinden die Altlasten aus der Vergangenheit – mit dem Zusatznutzen, der Polizei gleich einen Tatverdächtigen mitzuliefern. Sowohl für den Mord an den Paiers als auch für den an Flora. Sie kannten den Tatort, ein Teil der Beute wird in Ihrem Zimmer gefunden und Sie unterhielten eine sexuelle Beziehung zu Frau Baumeister. Unmittelbar nach den Verbrechen lösen Sie sich in Luft auf. Wer würde sich unter diesen Umständen noch die Mühe machen, aufwändige Nachforschungen in andere Richtungen anzustellen? Gewiss nicht die überforderte Polizeitruppe einer Provinzstadt."

Oberst Prettner, der durch Zufall Tage später das vom Band getippte Protokoll durchsah, sollte bei dieser Passage schmerzlich das Gesicht verziehen. Er sprach Falk sogar darauf an.

„Ich versuchte nur, die Gedankengänge des Täters darzustellen", bemerkte der Chefinspektor geübt ironiefrei.

„Natürlich", murmelte Prettner. „Natürlich."

„Warum ermordete er Flora?", fragte der Gelbe.

„Sie starb, weil ihre Aussage seine Konstruktion zu Fall gebracht hätte. Also machte er reinen Tisch, ein passender Mörder stand ja zur Verfügung. Wenn man Ihnen – ohne Sie je zu fassen – den Doppelmord anlastete, würden Sie auch für den Tod der Geliebten herhalten müssen."

„Gert war immer schon ein kluger Kopf", gab der zum Sündenbock bestimmte gelbe Gladiator zu. „Eines verstehe ich aber nicht – warum hat er mich nicht gleich umgebracht?"

„Ich vermute, das hatte einen ganz praktischen Grund. Ohne Zweifel wollte Bönisch Sie später gründlich beseitigen. Mit dem richtigen Werkzeug ist das in dem Bunker kein Problem. Ein Regal weggerückt, darunter ein Grab geschaufelt, die überschüssige Erde in der Gartenwildnis verteilt … Aber in jener Nacht fehlte ihm sowohl das Werkzeug als auch die Zeit. Und er musste damit rechnen, dass die Hütte im Zusammenhang mit den Morden noch einige Tage das Interesse der Polizei auf sich ziehen würde. Da hätte der Verwesungsgeruch einer Leiche seinen Plan gefährdet. So lange Sie aber lebten … Sie sind jung, stark und zäh – das verschaffte ihm einen Spielraum von einigen Tagen."

Der Gelbe nickte nachdenklich.

„Erinnert mich an jene Wespenart, die ein einziges Ei auf eine zuvor betäubte Riesenspinne legt. Spinne und Ei verscharrt sie. Aus dem Ei schlüpft eine Made und wächst und gedeiht, indem sie die Spinne zu verzehren beginnt. Die den Vorzug hat, lange frisch zu bleiben, weil sie ja noch geraume Zeit lebt, während sie bereits als Proviant dient."

„Die Natur ist sehr einfallsreich", bestätigte Falk.

53

Es war halb sechs. Er bot dem Gelben eines der Notbetten für
die Bereitschaft an, dann beauftragte er den Journaldienst,
einen Haftbefehl für Gert Bönisch und einen
Durchsuchungsbefehl für seine Wohnung zu besorgen.
Er trank die letzte Dose aus, setzte sich in seinen Sessel, legte
die Füße auf den Tisch und schlief, bis jemand geräuschvoll
das Fenster schloss. Das erste, was er nach dem Augenöffnen
sah, war das breite Grinsen kleiner und großer gelber Zähne
ziemlich knapp vor seinem Gesicht. Falk nahm rasch die Füße
vom Tisch und gewann einen Mindestabstand.
„Es gab den Hintermann", frohlockte Miami. „Marcus wäre
allerdings beinahe draufgegangen. Seine Mutter hat ihn
gerettet. Jetzt brauchst du ihn nur antippen und er singt jede
Melodie, die du dir wünschst."
„Was hat er erzählt?"
„Ein Abenteuer in Paris vor zwei Jahren. Drei Jungs und eine
Nutte. Ein paar Stunden später behauptet der Reiseleiter der
Jungs, ihre Brüder hätten die Nutte quasi auf frischer Tat
ertappt. Zwei richtig üble Burschen, die nichts dabei finden,
dir mit einer spitzen Nagelschere die Haut abzuziehen, es aber
dreimal lieber tun, wenn es im Namen der Ehre geschieht.
Eine Hure in der Familie passt gar nicht zu dieser Art Ehre. In
ihrer Panik redet die Nutte von Vergewaltigung und die
Brüder sinnen auf Rache. Der Reiseleiter packt die Jungs und
bringt sie auf riesigen Umwegen heim."
Ein junger Beamter klopfte, wartete Falks ,Herein' ab und
übergab einen Umschlag. Miami sah ihn so streng an, dass er
beinahe hinauslief.
„Sie haben sich gerade vom Schreck erholt, da meldet sich ein
Typ, der alles weiß. Zieht eine Show ab mit geheimem
Treffen und Maskerade, zeigt Fotos vom Mädchen, nachdem
die Brüder geschnallt haben, dass sie tatsächlich eine Nutte
ist. Fotos von irgendjemandem. Man erkennt nicht mehr, ob
Mann oder Frau, jedenfalls sehr blutig. Der Typ sagt, dass die

üblen Brüder jetzt noch viel mehr Lust aufs
Leutezerschnippeln haben, vor allem wiederum wegen der
Ehre, die ihnen über alles geht. Sie seien sehr interessiert an
den Jungs, die den Schlamassel ausgelöst hatten, sie würden
sich auch gerne um deren Schwestern kümmern. Wahlweise
Mütter, Väter, Brüder – wer halt gerade verfügbar ist. Der
Erpresser zeigt noch mehr Fotos, unsere Jungs sind längst
erstarrt vor Angst. Dann sagt er, was sie für ihn tun müssen,
damit nichts passiert, und sie tun's. Er sagt ihnen auch wie,
gibt ihnen, was sie brauchen und sie liefern brav ihre Ernte
ab."
„Hat der Mann einen Namen?"
„Keinen Namen und kein Gesicht. Das kommt gut, wenn du
die Hosen ohnehin schon voll hast. Nachdem unser Artikel
erschienen war, hat er Marcus angerufen und ihn an eine
besonders perfide Drohung erinnert: Wenn sie euch erst
einmal aufspüren, könnt ihr euch nur noch umbringen. Quasi
als Sühne, damit nichts Schlimmeres passiert. Dann hab' ich
eine Idee gehabt. Ich hab' Marcus ein Foto von deinem
deutschen Reiseheini gezeigt."
„Von Bönisch?"
„Genau. Und rat' mal: Der Kerl hat sie auf ihrem Paris-
Abenteuer begleitet und vor den bösen Buben gerettet. Das
glaubt der Kleine nach wie vor. Er schnallt nicht, dass
Böhnisch selbst der geheimnisvolle Unbekannte war, für den
sie ihre Plantage betrieben."
„Das heißt, er ist in seiner Maskerade unerkannt aufgetreten,
hat die Burschen mit irgendwelchen Fotos erschreckt und mit
den erfundenen Killern erpresst. Mit seinen arabischen
Kontakten beschafft er alles Nötige, hat kein Risiko bei der
Produktion und beliefert ausgesuchte Privatkunden. Er raucht
mit den Paiers also nicht nur, er versorgt sie. Als die Jungs
auffliegen, verliert er auch diesen kleinen Nebenerwerb. Das
hat ihn noch weiter ins Eck gedrängt."
„Fühlen wir dem Typ auf den Zahn?"
Falk öffnete den Umschlag und zeigte ihm die Papiere darin.

188

„Machen wir."

Er ging mit den Befehlen hinaus, wählte von seinen Leuten Prüller und Heidenwandtner und schickte sie los. Schilling trat an ihn heran, vielleicht ein paar Zentimeter näher als sie es vor einigen Tagen noch getan hätte.

„Dein Gast hat sich frisch gemacht und um Kaffee gebeten, ungemein höflich. Willst du auch welchen?"

„Gern. Sag' ihm bitte, dass wir ihn in meinem Büro trinken." Falk blickte in ihre schönen, völlig ruhigen Augen und hoffte, eine Frage darin zu entdecken. Er interpretierte die vermutete Frage als ,Heute?' und deutete ein Nicken an.

Der Gelbe fühlte sich im LKA bereits wie zu Hause. Ungezwungen trat er ins Büro, eine Kaffeekanne in der einen Hand, Pappbecher in der anderen. Freundlich nickte er Miami zu.

„Sie haben einen Engel unter Ihren Mitarbeitern, Chefinspektor. Ein besonders hübscher hat mir das aus der Kantine besorgt."

Er verteilte die Becher, schenkte ein und setzte sich.

„Was macht der Tippel?", fragte Miami.

„Tippel?"

„Beule", übersetzte Falk.

„Nicht der Rede wert. Wie geht es nun weiter?"

„Bönisch wird in diesen Minuten verhaftet. Dann geht alles seinen Gang. Was werden Sie tun?"

„Zuerst wollte ich zurück, weil ich dachte, ich müsste noch viele Rechnungen begleichen. Aber das funktioniert ja doch nicht. Der alte Moser hat vor seiner Abreise gefragt, ob ich bei ihm bleiben möchte. Er hat niemanden, der sich um ihn kümmert und würde mir sein Häuschen vererben. Ich glaube, ich werde annehmen, nicht nur wegen des Erbes."

„Das Häuschen ist nichts wert, der Grund umso mehr. Lassen Sie sich nicht über den Tisch ziehen."

Der Gelbe schüttelte den Kopf.

„Mir gefällt beides: Grund und Haus. Mal sehen. Haben Sie etwas von Slobo gehört?"

Der Chefinspektor schüttelte den Kopf.

„Sie?"

„Nein. Ich hoffe nur, er ist nicht Gert in die Quere gekommen."

54

Die Inspektoren Prüller und Heidenwandtner standen vor der
Bönisch-Wohnung und drückten auf den Klingelknopf. Prüller
hielt den Haftbefehl in der Rechten und klopfte damit
ungeduldig in die offene linke Hand. Frau Bönisch öffnete mit
vorgelegter Kette und sah ihn an, ohne ein Wort zu sagen.
„Ist Ihr Mann hier?"
Sie nickte.
„Wir müssen ihn sprechen. Dringend. Lassen sie uns
eintreten."
Sie rief einige Worte in einer fremden Sprache in die
Wohnung.
„Machen Sie schon auf!", forderte Prüller.
Langsam schloss sie die Tür, sie hörten, wie sie mit der Kette
hantierte, dann öffnete sie wieder.
„Er ist im Klo", sagte sie.
Starker Zwiebelgeruch kam aus der Küche. Die Beamten
drängten sich an ihr vorbei.
„Herr Bönisch!"
Die WC-Spülung rauschte und auf Prüllers Gesicht erschien
ein Hauch von Vorfreude auf das Klicken der Handschellen.
Das Geräusch der Spülung verstummte, Wasser floss in ein
Becken und verschwand leise gurgelnd in einem Abfluss,
gleichmäßig und monoton. Die Inspektoren sahen sich an.
„Der wäscht sich nicht die Hände", bemerkte Heidenwandtner
knapp. „Der hat nur das Wasser aufgedreht."
Röte stieg in Prüllers Wangen.
„Das Gerüst!"
Gleichzeitig drehten sie sich um und liefen zur Wohnungstür.
Ein schriller Schrei aus der Küche stoppte sie. Bönisch' Frau
stand mit wutverzerrten Zügen vor ihnen. Sie hielt eine
Pfanne in der Hand und schleuderte den Inhalt in Richtung der
Polizisten. Die kochende Zwiebelbrühe traf sie in den
Gesichtern und auf den Händen, die sie im Reflex

hochgerissen hatten. Mit einem wilden Schrei aus Schmerz und Zorn sprang Prüller vor und schlug die Frau nieder. Die Inspektoren mussten im Krankenhaus wegen ihrer Brandverletzungen behandelt werden. Bönisch wurde zur Fahndung ausgeschrieben.

„Wie hat er es genau angestellt?", erkundigte sich Inspektorin Schilling, während sie im Schaumbad lagen und Sekt schlürften.

„Er machte einen späten Besuch bei seinen Nachbarn und brachte ihnen den Rest seiner Vorräte. Franz Paier öffnete den Safe, um den Stoff zu verstauen und ihn zu bezahlen. Bönisch beugte sich – vielleicht mitten in einer angeregten Unterhaltung – zu seiner Frau und zog ihr den Totschläger über. Dann ging er zu Franz, der noch mit dem Safe beschäftigt war und schlug nochmals zu. Ein Spaziergang bei lauter Musik und arglosen, ein wenig beschwipsten Opfern. Das Brecheisen hatte er sich schon zuvor beschafft und in der Nacht von seiner Wohnung aus auf das Gerüst gelegt. Er drehte den Hauptschalter der Alarmanlage um, stieg aus dem Schlafzimmerfenster und holte es. Das dauerte keine zehn Sekunden und war der gefährlichste Teil der Aktion. Er räumte den Safe aus und ermordete die Bewusstlosen. Natürlich zog er Magda Paier vorher den Ring ab. Wahrscheinlich packte er seine Beute in den gleichen Plastiksack, mit dem er zuvor die Papiertüten geliefert hatte. Abgesehen vom Fenster und der Mordwaffe brauchte er nicht einmal besonders auf seine Abdrücke aufzupassen, er kam ja öfter vorbei. Dann musste er nur noch darauf achten, dass die Stiegenhausbeleuchtung ausgeschaltet war und die paar Schritte zu seiner Wohnung gehen."

„Wozu überhaupt das Brecheisen?"

„Das Eisen spricht für einen Täter, der von draußen kam. Deshalb betäubte er seine Opfer zuerst mit dem Totschläger. Zu einem nachbarschaftlichen Besuch kann man schließlich kein Brachialwerkzeug mitnehmen."

„Warum schlief er mit Flora, ehe er sie tötete? Er ist doch nicht pervers, oder?"

„Bestimmt ist er pervers berechnend. Er wusste, dass sie zuletzt mit dem Gelben Sex gehabt hatte – das geschah ja in seinem Auftrag. Spermien können in der Gebärmutter tagelang überleben. Wenn es eindeutig nach Geschlechtsverkehr kurz vor dem Mord aussah und man den Samen des Gelben fand, war alles noch klarer. Dann hat er allerdings übertrieben."

„Mit dem Zeugen?"

Falk nahm einen Schluck und fühlte die zarte Haut ihrer Hüften zwischen seinen Knien.

„Dass ein Mörder niest, ist menschlich. Dass ihm dabei die Kappe verrutscht und er auch noch laut flucht ...

Offensichtlich legte er es mit Gewalt darauf an, dem einzigen Menschen weit und breit seine zitronengelbe Perücke zu zeigen."

EPILOG

Einen Tag später wurde Bönisch auf dem Frankfurter
Flughafen verhaftet. Er wäre mit seiner falschen Identität
durchgekommen, doch ein Suchtgifthund schlug an, obwohl
er kein Rauschgift bei sich trug. Er hatte sich eine dreiviertel
Million Euro in Fünfhunderterscheinen mit einem elastischen
Verband um den Leib gewickelt. Scheine, die lange neben
dem Haschischvorrat der Paiers in deren Safe gelegen hatten.
Neben dem Stoff, den er ihnen selbst geliefert hatte. Dem
Hund genügte es.

Einen weiteren Tag danach kam das orange Kuvert zu Oberst
Prettner zurück. Obenauf lag eine von Sorcek verfasste Liste
mit den für die Durchführung des Projekts allein zur
Ausfüllung der Bögen erforderlichen Überstunden. Den
letzten Punkt der Erläuterungen zum Fragebogen hatte Falk
zusätzlich zu Sorceks grünem Balken mit einem pinkfarbenen
Marker hervorgehoben. Er lautete:
*Mit seiner Unterschrift bestätigt der Dienststellenleiter die
umfassende inhaltliche Überprüfung und Richtigkeit aller
eingetragenen Daten.*
Der Oberst kam nie mehr darauf zu sprechen.

Wochen später begegnete Falk auf der Straße ein junger,
kleiner, glattrasierter, sehr drahtiger Mann mit
Kurzhaarschnitt, den er seines Wissens nie zuvor gesehen
hatte. Im Vorübergehen lächelte er freundlich den Rinnstein
an, dann einen Papierkorb und schließlich einen
Zigarettenstummel.
„Slobo!", durchzuckte es den Chefinspektor. Er fühlte sich um
eine Sorge erleichtert und winkte ebenso freundlich einer
zertretenen Coladose zu, die neben einer Werbetafel lag.

Weitere Bergmann-Krimis

Kärntner Mordsbullen 1, 3 und 4
Der Berufserbe – Chefinspektor Falks Sündenfall
Die Melodie der Walnuss – Chefinspektor Falks Hexenfall
Club der Harlekine – Chefinspektor Fuchs in Wien

Das Möbiusband – Chiara Fontana – Fantasy-Thriller
Dicke Liebe – Irrwitzige Kriminalstories
Tore des Bösen – Kärnten-Thriller

Privatdetektiv Jingle Bell 1-2:
Die Leiche ist halb durch – Krimiparodie
Das Massengrab hat Hunger – Krimiparodie

www.peter-bergmann.at

www.ingramcontent.com/pod-product-compliance
Lightning Source LLC
Chambersburg PA
CBHW071311200626
46813CB00015B/1522